D1385786

Naïri Nahapétian a quitté l'Iran après la Révolution islamique, à l'âge de neuf ans. Elle y est régulièrement revenue à l'occasion de nombreux reportages pour des périodiques français. Elle travaille actuellement pour *Alternatives économiques*.

L'Usine à vingt ans
essai
Les Petits Matins / Arte éditions, 2005

Qui a tué l'ayatollah Kanuni ?
roman
Liana Levi, 2009
et « Points Policier », n° P3052

Naïri Nahapétian

DERNIER REFRAIN
À ISPAHAN

ROMAN

Liana Levi

Les traductions des poèmes d'Omar Khayam (p. 84, 87 et 170) et de Hafez (p. 24) cités dans cet ouvrage sont issues de l'*Anthologie de la poésie persane (XIe-XXe siècles)*, textes choisis par Z. Safâ, traduits par G. Lazard, R. Lescot et H. Masse, coll. « Connaissance de l'Orient », éd. Gallimard-Unesco, 1964.

La traduction du poème de Nezami (p. 171) est tirée des souvenir de l'auteur.

TEXTE INTÉGRAL

ISBN 978-2-7578-3339-1
(ISBN 978-2-86746-587-1, 1re publication)

© Éditions Liana Levi, 2012

Pour Juliette

Première partie

1

La chanteuse du Shah

Lorsque son amie lui proposa un rendez-vous peu après minuit, Roxana n'hésita pas à la rejoindre. Cela faisait vingt-quatre heures déjà qu'elle était sans nouvelles d'elle, et le message, laconique, laissait entendre que Shadi avait besoin d'aide. Roxana enfila une robe, revêtit son imperméable, le foulard de rigueur, et se glissa hors de sa chambre. Elle guetta un instant les bruits de la maison endormie, puis descendit les escaliers. Au volant de sa Porsche, elle fonça jusqu'à l'impasse du vieux théâtre, où elle découvrit le flanc défoncé du bâtiment.

Un lampadaire désaxé éclairait le portail en bois, barré d'une planche cloutée. Les cartons qui, jusque-là, recouvraient les fenêtres gisaient au pied des colonnes, et l'un des murs n'était plus qu'un monceau de gravats. Quant à Shadi, elle ne se trouvait pas dans l'allée. Roxana fit quelques pas devant le théâtre avant de partir à sa recherche. Pensaient-ils la réduire ainsi au silence ? se demanda-t-elle en longeant les décombres. Ne savaient-ils pas qui elle était ?

Roxana, l'une des plus belles voix d'Orient ! Ses chansons avaient fait le tour du monde, ses concerts attiraient des millions de personnes. Alors qu'elle venait d'avoir vingt ans, elle avait été reçue par le

11

Shah, avant de dîner à la table de la reine. Au lendemain de son arrivée au pouvoir, l'ayatollah Khomeyni lui avait interdit de chanter, mais ses derniers morceaux résonnaient aujourd'hui encore dans les taxis d'Ispahan. Malgré la censure, ses disques se trouvaient toujours dans les magasins de la ville. Et bien après qu'elle eut quitté l'Iran, sa voix parvenait jusqu'à son peuple !

La chanteuse rajusta son foulard sur ses cheveux. Bientôt, elle l'enlèverait en public d'un geste longuement étudié devant la glace. Relevant son imperméable d'une main, elle se fraya un chemin parmi les débris. Le plateau était intact, mais les fauteuils des premiers rangs avaient chaviré en arrière. Ils semblaient observer le ciel à travers le toit béant, où une grue à la mâchoire métallique attendait le lever du jour pour détruire le reste de l'édifice.

Que croyaient-ils ? rageait intérieurement Roxana. Elle était une grande chanteuse, une immense comédienne… Quelques mois auparavant à Los Angeles, un producteur lui avait proposé un rôle dans l'un de ses films…

À cette pensée, l'ancienne star de la pop iranienne s'éloigna de la scène, se souvenant du regard noir de sa fille quand elle avait évoqué Hollywood. Avait-elle eu tort de revenir en Iran ? Peut-être aurait-il fallu continuer comme avant et retrouver sa famille de loin en loin, à Chypre ou à Istanbul. Mais alors, elle n'aurait pas revu Ispahan, où son retour sur scène s'organisait en secret depuis un mois.

Elle avait fait tout ce chemin pour se produire dans la ville de son enfance. Cette ville où il était interdit aux femmes de chanter en public.

Elle poussa la porte des coulisses, fit jouer l'interrupteur. Le couloir resta plongé dans le noir, figé dans le silence. Roxana esquissa un pas vers le studio où ils avaient installé la batterie. Elle tendit l'oreille. Non, il n'y avait personne, conclut l'ancienne diva avant de retourner sur la scène.

Il lui sembla entendre des pas. Était-ce Shadi ? Enfin ! La chanteuse examina la salle. Mais celle-ci semblait vide. Seules les marionnettes géantes pendues aux murs accrochaient la lumière des réverbères.

Sur le tapis couvert d'une épaisse poussière reposait un étrange bouquet de tulipes artificielles.

Elle entendit un gémissement, comme si le vent pleurait dans la nuit, et reçut un coup sec sur la nuque. Elle s'effondra sous le choc.

Un second coup, lourd, métallique, s'abattit sur son crâne. Le goût du sang emplit sa bouche. Ses cris fendirent le silence. Quelqu'un allait l'entendre… on allait venir… que croyaient-ils ? se révolta une dernière fois la chanteuse. Mais bientôt, le souvenir de sa gloire passée ne lui fut plus d'aucun secours. Roxana eut l'impression qu'une marionnette la recouvrait, avant que sa conscience ne se ferme comme un poing sur le néant.

2

La gamine aux cheveux roux

En franchissant ce soir-là la porte du dispensaire, Mona Shirazi eut le pressentiment d'un malheur imminent.

Elle scruta la salle d'attente. Un médecin s'y entretenait à voix basse avec une infirmière. La secrétaire s'affairait derrière son guichet. Et une jeune fille couverte d'un long tchador fleuri, assise devant une affiche vantant le contrôle des naissances, pianotait fébrilement sur son téléphone portable. Elle ne leva pas la tête quand la sage-femme se dirigea vers son bureau, au fond du couloir.

Mona enfila sa blouse sur son corps plantureux et, coiffée de son foulard blanc, revint vers le hall central, se mêlant aux femmes de tous âges, infirmières, aides-soignantes et secrétaires, qui bavardaient devant le samovar.

– Comment vas-tu ma sœur ? Et ton dos ? Bon, allez, ne te fatigue pas trop aujourd'hui. Que Dieu te récompense pour ton travail…

Tout en répondant distraitement aux politesses d'usage, Mona balaya la salle d'attente du regard. La jeune fille au tchador fleuri avait disparu.

La sage-femme fit le tour de la pièce, interrogea la secrétaire, avant de jeter un coup d'œil à l'extérieur.

À travers la porte vitrée, on apercevait des constructions de fortune qui s'étalaient jusqu'au désert. Le dispensaire était situé à la frontière de la métropole d'Ispahan, où une ville de bric et de broc s'était bâtie autour d'un groupe d'usines.

Ne voyant personne dehors, Mona revint vers son bureau et trouva l'inconnue devant sa porte. Une bouille ronde et juvénile, un air terriblement embarrassé. La fiche remise par la secrétaire était vierge.

– Vous n'avez donné aucune information à l'accueil, commenta la sage-femme en lui proposant un siège. Vous n'êtes pas tenue de communiquer votre nom, mais j'ai besoin de savoir si vous êtes déjà venue au dispensaire.

– Non, jamais…

– Et quel est le motif de votre visite ?

La jeune fille, qui avait retiré son tchador, resta muette. Elle portait un pantalon bouffant de coupe traditionnelle et une tunique noire. De son foulard s'échappaient des mèches brunes, et son minuscule portable rose était posé à portée de main.

– Voulez-vous me dire ce qui vous amène ma sœur ? ajouta prudemment Mona.

Depuis trois ans, dans son dispensaire de la banlieue d'Ispahan, Mona Shirazi n'exerçait pas seulement son métier de sage-femme, mais faisait également office de gynécologue, d'assistante sociale, voire de psychanalyste. La majorité de ses patientes venaient des zones populaires des alentours, et Mona en avait aidé plus d'une à trouver un travail malgré un mari possessif ou une belle-mère récalcitrante. Souvent, elle était devenue leur confidente et ne pouvait s'aventurer dans les parages sans se retrouver entourée d'un cercle de femmes qui l'entretenaient du cours de leur vie.

D'autres faisaient le long chemin depuis les quartiers bourgeois de la ville et les raisons qui les amenaient jusqu'au dispensaire tenaient à l'exigence d'arriver vierges au mariage ou à la législation restrictive sur l'avortement. Mona aidait dans le plus grand secret celles que la loi islamique mettait dans une situation délicate. Était-ce le cas de la jeune fille devant elle ?

– Voulez-vous vous déshabiller afin que je vous examine ?

Sa cliente refusa en secouant la tête.

– Tout va bien mademoiselle ? s'inquiéta la sage-femme.

– Je ne suis pas venue consulter. Enfin pas pour moi… Je cherche Shadi.

– Shadi ? Je ne crois pas connaître de Shadi… S'agit-il d'une de vos amies ?

On toqua à la porte. La secrétaire cria quelque chose au sujet d'un message urgent, avant de glisser un papier par la fente.

Aussitôt, l'inconnue se mit debout.

– Je me suis trompée. Je vais vous laisser.

– Attendez ! Je peux vous aider peut-être. La personne que vous cherchez habite le quartier ?

– Non, j'ai fait une erreur. Désolée de vous avoir dérangée.

– Vous êtes en sécurité ici, ne vous inquiétez pas. Vous pouvez parler en toute confiance…

Mais la jeune fille, son tchador sur le bras, s'inclina pour lui dire au revoir et quitta le cabinet.

Mona poussa un soupir et déplia le mot glissé sous la porte. Darya Dori, la fille de son amie Roxana, avait essayé de la joindre. Elle alluma son portable pour la rappeler, mais la ligne semblait occupée. À moins que les opérateurs nationaux n'aient encore suspendu le réseau afin d'empêcher les opposants de s'organiser. L'inconnue de tout à l'heure était-elle une manifestante blessée que les hôpitaux, ordre du gouvernement, avaient refusé de soigner ?

Mona avait reçu de nombreux opposants depuis le début de la mobilisation. Parmi eux, plusieurs femmes qui avaient subi des viols en prison et qu'elle reconnaissait très vite à leur regard vide dans la salle d'attente. Or, la fille au tchador fleuri, malgré son air inquiet, ne semblait pas avoir subi de choc. Peut-être cherchait-elle une sœur, une amie disparue lors des manifestations ?

La sage-femme réfléchissait en fumant à sa fenêtre. Dans la cour, une fresque représentait un martyr de la guerre Iran-Irak devant un champ de tulipes d'où coulaient des gouttes de sang.

Mona éteignit sa cigarette avant d'accueillir la patiente suivante, une jeune femme d'une trentaine d'années aux yeux soulignés de khôl. Farinaz était une prostituée du quartier qui venait régulièrement s'approvisionner en préservatifs. Celle-ci retira sa tunique, puis sa jupe, révélant peu à peu son corps élancé. Elle se mit à natter ses cheveux sur la table d'examen, tout en expliquant d'un ton échauffé :

– Ah, docteur Shirazi, si vous saviez… On ne parle plus que de ça avec les filles : il est revenu !

– Hosseini ? s'étonna Mona, croyant que le proxénète de Farinaz avait été relâché. On dit qu'il a quelques appuis intéressants, mais de là à obtenir une relaxe… (Elle laissa sa phrase en suspens.)

Trois jours auparavant, il avait été arrêté par la police alors qu'il prenait livraison d'un chargement de trois tonnes d'opium à la sortie de la ville. Hosseini s'était fait, paraît-il, de nombreux amis au sein des gardiens de la Révolution durant la guerre Iran-Irak. Mais le trafic de drogue était en Iran un crime puni de mort...

– Oh lui, je ne pense pas que je le reverrai jamais, déclara Farinaz. Non, c'est le tueur qui est revenu...

– Ahmadinejad ? Vous avez remarqué vous aussi que l'ancien président est toujours en poste ?

– Mais non, je ne parle pas de lui !

Farinaz rejeta sa natte sur son dos cuivré, ramena ses jambes sous elle. Elle trônait, nue, restant dans cette posture afin de bavarder, le ventre légèrement creusé sous le nombril, les seins pointés en avant.

– Qui est revenu alors ? demanda la sage-femme.

– Le serial killer, celui qui punit les femmes de mauvaise vie. On a retrouvé le corps d'une chanteuse il y a quelques heures dans la vieille ville, le crâne fendu, étranglée avec son foulard. Il paraît qu'elle a été salement amochée, mais la police l'a identifiée. C'était une artiste célèbre, une star du temps du Shah. Je ne me souviens plus de son nom, mais ma mère adorait ses chansons...

Et Farinaz entonna d'une voix claire l'un des tubes les plus populaires de Roxana.

Mona Shirazi avait une amie d'enfance qui était devenue célèbre.

Elles s'étaient rencontrées un matin dans la cage d'escalier de leur immeuble alors qu'elles étaient l'une et l'autre âgées de huit ans. Tandis que leurs mères échangeaient des politesses, les gamines s'étaient choisies en un regard, se donnant rendez-vous sur un coin de pelouse après la classe. Dès lors, Mona attendait avec impatience la fin des cours pour retrouver

Roxana. Les fillettes passaient des heures à discuter au parc, dans les rues d'Ispahan ou dans sa chambre, où elles s'amusaient à troquer leurs vêtements. Mona était pourtant aussi ronde que Roxana était menue. Mais cela ne les dérangeait pas de mettre des tenues qui n'étaient pas à leur taille ; ce n'étaient pas des enfants sages. Leur entourage à toutes les deux ne cessait d'ailleurs de le leur rappeler.

Roxana était ce « diable de fille » pour la grand-mère de Mona, qui avait l'habitude de passer en revue chaque détail de son physique, les pointant d'un doigt accusateur déformé par l'arthrose. Elle avait alors une abondante tignasse aux reflets roux qu'elle ne cherchait pas à discipliner. Les remarques acerbes de la vieille femme la faisaient rire, révélant les espaces entre ses dents qui lui donnaient un air canaille.

« J'en ai assez de voir cette gamine traîner chez nous. D'où sort-elle ? Qui est son père ? Il paraît que c'était un lutteur de Hamadan, mais personne ne l'a jamais vu, on ne connaît même pas son nom. Et tout ce qu'on sait de la mère, c'est qu'elle allait de ville en ville avec ses marionnettes avant d'atterrir dans notre immeuble », persiflait la grand-mère.

Bien des années plus tard, lorsque Roxana était devenue une vedette dont le visage apparaissait sur les écrans, Mona revoyait encore la gamine qui accompagnait les spectacles de sa mère au tambourin. Ses boucles étaient raidies en longues mèches aux reflets blonds, et ses dents ressemblaient désormais à des perles parfaitement bien rangées. Mais cela n'y changeait rien. Pour elle, c'était toujours la fille rousse croisée dans l'escalier.

Même lors de leurs discussions politiques, alors qu'elle reprochait à son amie de soutenir ce dictateur qu'était le Shah, Mona n'oubliait pas qu'elles avaient grandi ensemble. «J'ai une amie monarchiste», disait-elle à ses camarades marxistes, avant de leur clouer le bec de son rire retentissant.

Quand, peu après la révolution, la République islamique avait interdit aux femmes de chanter en public et que la répression s'abattait sur les partisans du Shah, Roxana n'avait pas quitté l'Iran : son mari, le producteur Reza Forsati, ne voulait pas s'exiler. La chanteuse risquait pourtant de se faire arrêter, elle avait paradé à la cour avec des décolletés plongeants ; elle incarnait le diable en personne aux yeux des khomeynistes. Mais il n'y avait rien à faire, son mari ne souhaitait pas partir.

Ce ne fut que deux ans plus tard, en pleine guerre contre l'Irak, que Roxana, n'y tenant plus, demanda à Mona de l'aider à fuir. La chanteuse ne supportait pas, disait-elle, de laisser sa carrière en jachère. Elle étouffait dans sa maison à tourner en rond toute la journée.

«Tu sais que tu ne pourras pas emmener ta fille ? l'avait avertie Mona. Et si Reza décide de divorcer, souviens-toi que d'après la loi islamique la garde en reviendra automatiquement au père… »

En voyant le visage de son amie s'assombrir à l'idée de laisser son enfant, Mona avait soudain revu la fillette aux dents mal rangées, celle dont la beauté pétillante dérangeait sa vieille grand-mère.

Était-il possible qu'à l'instant où Farinaz fredonnait sa chanson son corps repose à la morgue ?

– Allô Darya. Tu m'as appelée, ma fille ?
– J'ai essayé plusieurs fois de te joindre depuis ce matin, Mona…

21

Son ton était froid, comme d'habitude. Peut-être ne s'était-il rien passé ? Peut-être était-ce une erreur, une simple rumeur ?

– J'ai essayé plusieurs fois de te joindre depuis ce matin, répéta Darya. Ma mère est sortie hier soir sans prévenir, elle n'est pas revenue, elle n'a pas appelé… (Sa voix, quoique retenue, semblait ébréchée.) On l'a retrouvée tout à l'heure dans un théâtre désaffecté. On l'a tuée, Mona. On l'a agressée à coups de barre de fer, avant de l'étrangler avec son foulard.

La sage-femme resta un instant sans prononcer un mot et s'empara d'une cigarette.

– Je serai chez toi d'ici une heure, répondit-elle enfin.

Dans son cabinet vide résonnait encore la voix de Farinaz. Et tandis que sa cigarette se consumait entre ses doigts, Mona entendait toujours le refrain, évoquant un homme qui avait volé le chant des femmes.

3

Cet entêtant refrain

Lorsque Mona surgit de son bureau et passa devant Nadia sans la reconnaître, la jeune fille ne sut comment réagir. Elle avait hésité à frapper de nouveau à sa porte, faisant les cent pas sous le regard méfiant de la secrétaire, et voilà que la sage-femme l'ignorait.

Nadia la suivit des yeux avant de se couvrir de son tchador fleuri et, résignée, se dirigea vers l'ascenseur. Où, maintenant, pouvait-elle chercher Shadi ? Son amie n'avait-elle pas eu ses messages ? Pourquoi ne répondait-elle pas ? Et pourquoi les autres ne donnaient-ils pas non plus de nouvelles ? Tandis que les portes automatiques se refermaient, Nadia lutta contre son angoisse en adressant une prière à Dieu. Shadi vivait dans le péché, certes, mais son âme était noble, elle ne méritait pas qu'il lui arrive malheur. Allah le savait sûrement. Il fallait s'en remettre à Lui, croire en sa miséricorde…

Mais face à la longue rangée de véhicules alignés dans le sous-sol, son cœur se serra subitement.

Vers qui pouvait-elle se tourner ? Impossible d'en parler à sa famille, ils la rapatrieraient aussitôt à Abyaneh. Quant à David, il était à Berlin. Et cette Mona Shirazi dont on leur avait tant parlé, aurait-elle dû lui raconter ce qu'elle avait découvert sur son amie ? Non, c'était inimaginable… Et elle se souvint avec regret de ces soirs encore récents où elles joignaient leurs voix pour chanter Hafez : *Viens, le palais de l'espoir est étrangement fragile. Apporte le vin, notre vie n'est fondée que sur du vent…*

La porte de l'escalier de secours claqua. La jeune fille se retourna, anxieuse. Mais il n'y avait personne. Seulement cette ombre invisible qui pesait sur ses pas depuis quarante-huit heures.

Elle se pressa, ses clés de voiture à la main.

Un bras l'enlaça par-derrière, posant un tissu sur sa bouche. Nadia tenta de crier en se débattant, mais on lui avait pris son souffle.

– Un meurtre dites-vous ?

Derrière son bureau, le docteur Hakemi observait Mona d'un air inquiet.

Depuis qu'il avait été nommé directeur du dispensaire un an auparavant, la sage-femme n'avait eu de cesse de faire des siennes, placardant aux murs des informations sur le sida, avant de mettre en place un programme d'échange de seringues. Elle avait même fidélisé au sein de sa clientèle des filles perdues dont tout le quartier savait que c'étaient des prostituées. En soi, ces initiatives n'étaient pas gênantes. Une directive de l'ayatollah Shahroudi les justifiait même depuis 2002 aux yeux de la loi. Mais cette Mona Shirazi les menait tambour battant, sans la moindre discrétion, se contentant de répondre aux critiques qu'on lui adressait par un rire tonitruant ! Or, depuis que l'agitation s'était emparée du pays, les cadres de la République islamique étaient appelés à surveiller leur personnel.

Aussi, Hakemi se demandait-il chaque jour ce que cette créature incontrôlable allait encore inventer.

– Un meurtre, dites-vous ? répéta le petit homme barbu d'un ton las. (Il observa Mona comme si c'était elle qui avait commis un crime, puis céda avec un long soupir.) Transmettez vos dossiers à la secrétaire, elle les répartira entre vos collègues pendant votre absence.

Mona ferma son cabinet à clé, tout en répondant en des termes vagues à la réceptionniste qui s'inquiétait de sa pâleur. Hantée par la chanson fredonnée par Farinaz, elle se dirigea vers l'ascenseur. Si elle se souvenait parfaitement de l'air, les paroles lui échappaient sans cesse. Le morceau n'en était que plus entêtant, car sa mémoire s'accrochait à ces bribes, autour desquelles tournoyait le refrain. Et tandis qu'elle cherchait sa R5 des yeux, son pressentiment se précisa, amplifié par la mélodie lancinante.

Elle s'immobilisa, guetta le silence opaque. La porte de l'escalier de secours était entrouverte, entravée par un objet. Elle s'approcha. Un rai de lumière éclairait le corps allongé d'une femme.

Mona reconnut le tchador fleuri, le pantalon bouffant, et les cheveux répandus sur le sol comme un océan brun, mais elle ne vit pas le visage de la jeune fille, tourné dans la direction opposée. Ce fut un bouquet de tulipes qui accrocha son regard.

Elle s'agenouilla, cherchant son pouls, en vain.

– À l'aide ! cria-t-elle.

Et tandis que retentissaient dans le parking les pas de ceux qui venaient à son secours, les paroles du refrain lui revinrent en mémoire : il était question d'un homme qui volait la voix des femmes. Un homme qui parsemait son chemin de tulipes.

4

Le ministère de l'Orientation islamique

Terreur à Ispahan : le tueur s'en prend aux femmes qui ne respectent pas l'islam.

Narek Djamshid déchiffra la une du tabloïd iranien, avant de le tendre au kiosquier, un quinquagénaire élégant aux tempes grisonnantes.

– Il s'en passe des choses en province ! commenta celui-ci en désignant l'autre grand titre du magazine :

Coup de filet dans le Dacht-e Kavir : les trafiquants transportaient trois tonnes d'opium. Velayi poursuit la guerre contre la drogue sur le plateau d'Ispahan...

– Dites-moi, vous n'êtes pas d'ici, n'est-ce pas ? enchaîna le kiosquier en désignant avec un clin d'œil la longue rangée de bagues qui ornaient la main de Narek.

– Je suis français, je vis à Paris, mais je suis né en Iran...

L'homme se pencha en avant.

– Il n'y a plus beaucoup d'étrangers ici depuis quelque temps. Le régime essaie de nous isoler pour mieux nous réprimer. Il faut raconter à l'extérieur ce qui se passe...

Narek lui fit signe qu'il comprenait en hochant la tête. Un passant s'approchait, il reprit donc son chemin le long de l'avenue Vali Asr.

Une publicité défilait sur un écran géant en haut d'un gratte-ciel. Des jeunes portant des Ray-Ban stationnaient au volant de leur décapotable devant une boutique Puma, tandis que les passants se faufilaient au milieu d'une circulation dense. La vie suivait son cours sur l'artère centrale de Téhéran, où régnait quelques mois auparavant un silence de couvre-feu militaire.

On était en octobre et cela faisait plus de trois mois maintenant que Narek se trouvait en Iran. Le journaliste avait d'abord suivi la campagne électorale depuis Paris, apprenant au lendemain du scrutin du 12 juin que le président sortant, Mahmoud Ahmadinejad, était réélu dès le premier tour. C'était difficile à croire, avait pensé Narek : même si les électeurs ruraux avaient voté pour lui, les jeunes et la population urbaine, majoritaires dans le pays, soutenaient ses adversaires. La fraude fut confirmée deux jours plus tard par la présence massive des Iraniens dans les rues, brandissant des banderoles vertes, couleur du candidat réformateur Moussavi. *Where is my vote ?* « Où est passé mon vote ? » Depuis trois ans, Narek ne suivait plus l'actualité iranienne que de loin. Meurtres, suicides, petits vols et menus trafics : les sujets qu'il traitait pour *Faits-divers* l'amenaient sur d'autres terrains. Mais chaque matin, dans les jours qui avaient suivi les élections, il se réveillait à l'heure iranienne, se demandant, anxieux, s'il y avait eu des manifestations à Téhéran, Tabriz ou Ispahan, si celles-ci avaient été réprimées, si on assistait, trente ans après la chute du Shah, au début d'une nouvelle révolution. N'y tenant plus, il avait contacté les quotidiens nationaux dont les envoyés spéciaux risquaient à tout instant de se faire expulser.

« Je pars en Iran, avait-il expliqué.

– Vous avez un visa ? » s'étonnaient ses interlo-
cuteurs.

Narek avait la double nationalité. Il avait récemment
renouvelé son passeport iranien, passant sous silence
la confiscation du précédent par des gardiens de la
Révolution à Téhéran[1]. Quatre ans s'étaient écoulés
depuis. La République islamique l'avait oublié. Sinon,
le consulat d'Iran ne lui aurait pas établi un nouveau
document. Régis Duvoid, un contact conservé au sein
des services secrets français, le lui avait confirmé.
« Toutefois, je vous déconseille de faire ce voyage,
avait-il précisé. Depuis que le président Sarkozy a
remis en cause la réélection d'Ahmadinejad, les relations franco-iraniennes se sont beaucoup dégradées. »
Sous-entendu : s'il y a un problème, il sera difficile,
cette fois-ci, de vous venir en aide.

Narek n'avait pas hésité pour autant, quittant du
jour au lendemain la rédaction de *Faits-divers* afin de
prendre le premier avion pour Téhéran. Dès son arrivée, il avait participé à une manifestation, fuyant au
milieu des gaz lacrymogènes alors que les forces de
l'ordre dispersaient la foule. Il avait trébuché, et, un
genou au sol, senti des mains le soulever par les
épaules : « Relève-toi mon frère ! Cours ! »

Il avait ensuite traqué les signes de la désobéissance
civile qui, face à la répression, relayait les rassemblements. Sur les toits, après la tombée de la nuit, il partait à la rencontre des silhouettes qui scandaient les
slogans de protestation, le front sanglé d'un bandeau
vert, couleur du candidat Moussavi. Multipliant les
pseudonymes, il changeait chaque semaine d'adresse

1. Lire *Qui a tué l'ayatollah Kanuni ?*

e-mail pour envoyer ses articles. Mais combien de temps pouvait-on échapper à la vigilance de la République islamique ? se demandait-il en approchant de l'immeuble de la grand-tante arménienne qui le logeait.

Tante Vart l'attendait dans le salon, un courrier à la main. À ses pieds traînaient des sacs de provisions jetés en vrac sur le parquet.

– Je vais t'aider.

– Ce n'est pas la peine, répondit-elle froidement. Tu ferais mieux de boucler tes valises. Parce que ça y est, ce qui devait arriver est arrivé : tu es convoqué ! Oui, convoqué, aujourd'hui même, à 10 heures. Je te l'avais bien dit ! L'ambiance a beaucoup changé depuis ton dernier voyage : des milliers d'étudiants ont disparu, ils sont détenus dans des lieux secrets, morts peut-être… Et toi, tu écris tranquillement tes articles ! *Ter Astvats !* Tu n'as aucune notion du danger, ma parole ! s'emporta la petite femme en levant les bras au ciel. On dirait ta mère…

– Mais qui, exactement, m'a convoqué tante Vart ?

La vieille femme lui tendit un papier.

– Un certain Maleki, chargé de la presse à l'Ershad. Tu sais ce que c'est l'Ershad ? Vous n'avez pas ça, vous, en France, des ministères de l'Orientation islamique. C'est la censure, mon vieux ! La censure et la répression des journalistes.

Narek se présenta à l'heure indiquée au ministère de la Culture et de l'Orientation islamique, où une hôtesse en tchador lui montra le chemin à travers une enfilade de salles vides, avant de s'arrêter devant une porte en chêne massif. La plaque précisait que le dénommé Maleki était en charge de la presse étrangère.

Un gros homme moustachu au crâne dégarni lui tendit la main avant de lui proposer de s'asseoir. Les portraits des leaders de la République islamique décoraient les murs, comme dans tous les lieux officiels de la capitale, y compris les salles d'interrogatoire de la prison d'Evin.

– Alors monsieur Djamshid, qu'est-ce qui vous amène en Iran ? demanda Maleki, les mains croisées sur son bureau.

– Rien de particulier, mon voyage était prévu depuis longtemps. Je suis simplement venu voir ma famille, visiter Téhéran…

– Téhéran n'a aucun intérêt ! trancha l'homme d'un ton sans appel. Toutes ces tours : vous avez probablement les mêmes à Paris.

Le journaliste ne fit aucun commentaire, se préparant à subir un interrogatoire en règle. Lui qui croyait passer inaperçu chez sa tante… L'avait-il mise en danger ?

Mais Maleki, tout sourire, se pencha en avant d'un air chargé de sous-entendus.

– Vous devriez voir Ispahan, l'ancienne capitale des Safavides, voilà une belle ville ! *Esfahan, nesf-e jahan*, dit-on : « Ispahan, la moitié du monde. » Avez-vous eu l'occasion d'y aller ? Non ? C'est vraiment dommage de ne pas visiter Ispahan ! Vous êtes journaliste, n'est-ce pas ?

– Oui, mais mon voyage n'obéit pas à des motifs professionnels, insista Narek.

Le fonctionnaire de l'Ershad avait maintenant une attitude tout en retrait. Bien calé dans son fauteuil, il effleurait du regard les feuilles posées sur sa table. Ces papiers concernaient-ils Narek ? Précisaient-ils qu'il avait fréquenté des militants réformateurs comme la

31

féministe Leila Tabihi lors de son précédent voyage ? Était-il inscrit quelque part que ses parents étaient d'anciens opposants marxistes, que sa mère avait péri en prison et que son père avait fui l'Iran alors que Narek avait à peine cinq ans ?

– Mais dites-moi, vous comptez rentrer bientôt en France ?

– D'ici une ou deux semaines… hasarda Narek, prudent.

– Vous avez donc encore un peu de temps ! fit l'homme, soudain ravi.

– Euh, oui…

– Car je vois dans mes fiches que vous travaillez pour un journal intitulé *Faits-divers*… (Non sans fierté, il prononça le titre en français.) C'est un magazine je suppose ?

– On peut le définir ainsi.

Le gros moustachu croisa ses mains devant lui.

– Moi, j'ai un sujet pour vous, jeune homme, un sujet qui va beaucoup intéresser votre magazine…

Qu'est-ce que c'était que ce canular ?

– Connaissez-vous Roxana Forsati, la chanteuse de variété iranienne ? Figurez-vous qu'elle a été étranglée dans un vieux théâtre d'Ispahan, vingt-quatre heures avant qu'une autre musicienne ne subisse le même sort dans un parking. Dans les deux cas, des tulipes artificielles ont été déposées sur les corps… N'est-ce pas un bon sujet ? C'est vraiment un très bon sujet, il me semble…

…Un bon sujet pour détourner l'attention de la fraude et de la répression des opposants, songea Narek.

– D'autant que nous pouvons vous faire rencontrer l'un de nos meilleurs policiers à Ispahan, spécialisé dans ce genre d'enquêtes. Je peux d'ores et déjà vous livrer un scoop : ces meurtres sont une nouvelle fois l'œuvre d'un serial killer.

– Une nouvelle fois ?

– Oui, souvenez-vous, à Téhéran en 1995, à Mashad en 2001, puis à Kerman…

Narek avait entendu parler des meurtres en série qui dans ces différentes villes avaient frappé des femmes aux mœurs supposées légères.

À Kerman, le tueur infiltrait des soirées clandestines afin de repérer ses victimes parmi la jeunesse dorée. Il gagnait leur confiance, avant de les assassiner. À Mashad, ville sainte des confins orientaux de l'Iran, le serial killer s'en prenait à des prostituées. La presse l'avait baptisé l'Araignée, car il entraînait ses victimes chez lui pour les violer avant de les étrangler. Le serial killer de Téhéran quant à lui était surnommé la Chauve-souris. C'était un chauffeur de taxi. La nuit, il conduisait ses clientes dans des terrains vagues où il les étranglait avec leur foulard.

Sans attendre, Narek se rendit chez son ami Mirza Mozaffar. Celui-ci habitait une villa au parc verdoyant sur les hauteurs de la capitale, dont la grille d'entrée était surmontée d'une caméra de surveillance. En traversant le canal bordé d'oliviers, Narek se souvenait de sa dernière visite, quatre ans auparavant, et de l'inquiétude qui le tenaillait alors. Ce fut Soraya, la femme de Mirza, qui lui ouvrit. Les cheveux relevés en un chignon serré, elle était vêtue d'une jupe noire et d'un chemisier émeraude reproduisant façon Warhol le visage de Mir-Hossein Moussavi.

– C'est un jeune styliste de Dubaï qui l'a créé pour moi, ronronna-t-elle d'un air blasé en le précédant vers leur salon encerclé de baies vitrées. Ce n'est pas tant que je sois sensible au charisme particulier de Moussavi… Il est un peu gris vous ne trouvez pas ? Mais il faut bien s'accommoder de ce qu'on a ! (Puis elle se crispa.) Dites-moi, il ne reste guère plus que vous comme journaliste français en Iran… J'ai lu dans l'un de vos quotidiens que nous n'étions que mille à la manifestation de vendredi dernier. On ne vous a pas semblé plus nombreux ? Je peux vous fournir des chiffres exacts la prochaine fois…

– Narek ! Qu'est-ce qui vous amène de si bon matin ? s'exclama Mirza en repliant son journal.

Le politicien avait été interpellé peu après les événements de juin, retenu durant plusieurs jours, puis relâché. C'était l'un des derniers porte-parole de l'opposition laïque et nationaliste en Iran, et il risquait à tout instant d'être de nouveau arrêté. Sorti très amaigri de son séjour à Evin, Mirza portait néanmoins toujours beau, avec cette longue mèche blanche qui retombait sur son front.

– J'ai été convoqué par l'Orientation islamique, expliqua Narek. Je pensais qu'ils allaient m'arrêter. Mais ils veulent m'envoyer à Ispahan afin de couvrir un fait-divers : le meurtre de deux chanteuses par un psychopathe…

– Vous faites allusion à la mort de Roxana ? Nous la connaissions, vous savez… répondit Mirza.

Sa voix lui sembla mélancolique, et Narek eut le sentiment d'avoir manqué de délicatesse.

Soraya croisa ses jambes avant de s'emparer d'un fume-cigarette, et se mit à débiter d'un ton agacé :

– Mais pourquoi avancent-ils immédiatement l'hypothèse d'un tueur en série ? Vous voulez mon avis ?

C'est une manipulation grossière pour faire oublier la répression.

– Le fonctionnaire que j'ai rencontré a évoqué des tulipes déposées sur les corps…

– Les tulipes symbolisent l'âme des martyrs tombés en Irak durant la guerre, précisa Mirza, avant d'ajouter : je comprends votre réticence à obéir à l'Orientation islamique…

– Mais vous devriez quand même y aller ! l'interrompit sa femme. Roxana avait une personnalité intéressante. On ne s'appréciait pas beaucoup elle et moi, mais elle défiait Khomeyni à sa manière… Au fait Mirza, sommes-nous conviés à l'enterrement ? Il est tout à fait possible, mon cher Narek, que nous vous retrouvions bientôt à Ispahan.

Une porte grinça non loin, et Soraya se leva pour se diriger vers le couloir où se trouvait la chambre de son frère. Celui-ci avait été emprisonné plusieurs années pour avoir participé à des manifestations étudiantes. C'était un garçon taciturne et solitaire que Soraya protégeait jalousement depuis sa libération. Narek, qui dînait régulièrement chez les Mozaffar, n'avait jamais fait que le croiser.

– Pour revenir à ce qui vous préoccupe, conclut Mirza, l'Orientation islamique espère probablement se servir de ces meurtres pour créer un nuage de fumée. Mais je suis d'accord avec ma femme, vous devriez tout de même effectuer ce voyage. D'une part, il vous est difficile de refuser. D'autre part, il s'y passe des choses qui peuvent vous intéresser. L'exaspération y est au moins aussi forte qu'ici, à Téhéran…

Après tout, les Mozaffar avaient raison, songea Narek dans le taxi qui descendait l'artère centrale de la capitale. La mobilisation contre la fraude avait été particulièrement vive à Ispahan. Rien ne l'empêchait de se soustraire à la surveillance de l'Orientation islamique en demandant à sa famille de le loger là-bas. C'était la ville natale de ses parents, ils y avaient vécu jusqu'à sa naissance. Sa tante lui apprit d'ailleurs qu'il pourrait habiter chez David, un pianiste arménien qui était un cousin éloigné de sa mère. Celui-ci avait composé les chansons les plus célèbres de Roxana.

5

Un tchador noir
comme un étendard

Tandis que les pas des policiers résonnaient dans son cabinet, la voix de Farinaz la poursuivait encore, une voix claire, au timbre légèrement hésitant, bien différente de celle de Roxana qui montait avec assurance dans les aigus : *Dans un royaume où les ignorants sont rois, un homme a volé la voix des femmes. Il a emporté leur chant, semé des tulipes sur leur chemin ; et la joie s'en est allée.* Était-ce une allusion politique ? Qui avait rédigé ces paroles ? Roxana ou David ?

Depuis son retour, trois mois auparavant, son amie revoyait régulièrement son ancien pianiste. Elle l'avait retrouvé, disait-elle, comme s'ils ne s'étaient jamais quittés…

– Tout va bien docteur Shirazi ? Souhaitez-vous que mes hommes vous apportent un verre d'eau ?

Celui qui posait cette question était un inspecteur en civil du nom d'Abbas Velayi qu'elle avait plusieurs fois aperçu à la télévision. Ce policier impassible à la barbe rase était récemment arrivé en poste pour mener la lutte contre le trafic de stupéfiants sur le plateau d'Ispahan. Appelé au dispensaire très vite après la découverte du corps de Nadia, il avait recueilli le témoignage de Mona, puis lui avait proposé de rentrer chez elle avant un second interrogatoire. Mais elle n'avait aucune envie de voir la police débarquer à son domicile. Aussi avait-elle appelé les voisins chez qui sa fille dormait les soirs de garde afin de leur demander de la conduire à l'école. Ensuite, elle avait tenté en vain de se reposer au dispensaire, dans une chambre vacante, durant une longue nuit blanche.

– Reprenons les faits tels que vous me les avez relatés hier soir, dit-il en parcourant ses notes. La jeune fille s'est présentée à votre cabinet, n'a pas donné son nom, et vous ne l'avez pas examinée, c'est bien cela ?

– Elle ne le souhaitait pas. Comme je vous l'ai expliqué, je joue aussi un rôle d'information ici auprès des femmes…

– Mais Nadia Nassiri habitait en centre-ville. Pourquoi faire tout ce chemin juste pour s'informer ?

– Cher inspecteur Velayi, j'ai quitté mon poste à Téhéran il y a trois ans afin de venir mettre en œuvre des programmes qui ne sont pas encore suffisamment développés à Ispahan. C'est notamment le cas pour la prévention de certaines hépatites…

Au mot hépatite, Velayi interpella l'un de ses policiers :

– Notez qu'il faut vérifier si la victime avait le sida ! (Puis il se tourna vers la sage-femme.) Vous traitez donc, si je comprends bien, de nombreux cas de toxicomanie…

Mona garda le silence, repensant à ses amis, les deux frères Alaei, qui avaient initié la lutte contre le sida en Iran, arrêtés sans raison trois ans auparavant.

– Nadia Nassiri, reprit le policier en consultant ses notes, avait récemment quitté le village d'Abyaneh pour suivre des cours à l'université d'art d'Ispahan. Elle était également chanteuse… Comme votre amie

Roxana Forsati, ajouta Velayi, ne détachant pas les yeux de son visage. Votre direction nous a informés que vous aviez souhaité quitter le dispensaire dès que vous avez appris sa mort…

Le pressentiment qui l'avait gagnée en arrivant lui revint en mémoire, et Mona, sans laisser paraître la moindre émotion, recomposa dans sa tête les pièces qui pouvaient expliquer la présence de Nadia dans son cabinet. Son amie Roxana avait le projet d'organiser une représentation secrète dans la ville de son enfance, un dernier concert auquel devaient participer David ainsi que d'autres musiciens. La jeune fille au tchador fleuri en faisait-elle partie ?

Mona revit avec un pincement au cœur sa bouille ronde et préoccupée, son pantalon bouffant et son minuscule portable rose bonbon.

– Docteur Shirazi, je sais que vous êtes fatiguée, mais merci de m'accorder encore quelques minutes de votre attention. Savez-vous, insista le policier, si votre amie Roxana Forsati était en contact avec Nadia Nassiri ?

– Je ne crois pas, elle ne m'en a jamais parlé en tout cas. Quant à la jeune fille, Nadia, elle a simplement cité le prénom d'une de ses amies…

– Quel prénom, dites-vous ? demanda l'inspecteur en tournant la page de son carnet.

– Je ne m'en souviens pas, mais ce n'était pas, à ma connaissance, celui d'une de mes patientes. Vous savez, la majeure partie de ma clientèle vient ici grâce au bouche à oreille…

Mais le policier souhaitait en savoir plus sur Roxana :

– Votre amie fréquentait-elle d'autres musiciens depuis son retour ?

La question, posée sur un ton affable, semblait parfaitement anodine. Dissimuler les faits risquait de lui attirer des ennuis. Mais dire la vérité était pour elle la dernière chose à faire. N'avaient-ils pas tous, et Mona en particulier, quelque chose à cacher à la police de la République islamique ? Aussi éluda-t-elle la question en l'interrogeant à son tour :

– Pensez-vous que les deux meurtres ont été commis par la même personne ?

– C'est probable, même si le *modus operandi* n'est pas exactement le même. Pourquoi cette question ? Avez-vous remarqué quelque chose ?

Pressée d'en finir, Mona lâcha alors :

– Vous allez trouver cela absurde, mais certains détails me rappellent une chanson, une chanson de Roxana. Ce n'est probablement qu'une coïncidence…

La sage-femme quitta le dispensaire en fin de matinée, épuisée, mais ne rentra pas chez elle. Longeant en voiture la rivière asséchée, elle prit le chemin du mont Sofeh, grillant cigarette sur cigarette afin de ne pas s'endormir au volant. Et pendant que sa R5 gravissait péniblement la pente rocheuse, Mona se souvint de Roxana slalomant entre les voitures dans les rues d'Ispahan, s'ouvrant la voie à grands coups de klaxon. Malgré toutes ces années passées au loin, elle conduisait toujours à l'iranienne ! Puis elle repensa à Nadia, silencieuse dans son bureau, en train de manipuler son portable rose. Les deux chanteuses se connaissaient-elles ?

Mona se gara devant la grille de la villa aux colonnes de marbre que Reza Forsati avait fait construire trente ans auparavant pour sa femme. Une allée bordée de rosiers blancs croisait au centre du jardin un canal où s'écoulait une fontaine d'eau claire.

Sur la terrasse aux marches de pierre, Darya était en pleine conversation téléphonique. Elle ne remarqua pas Mona et continua à faire les cent pas, le portable à l'oreille, tandis que son tchador s'envolait derrière elle.

Mona n'aurait su dire depuis quand la fille de Roxana arborait la tenue noire des islamistes les plus rigoristes.

Elle n'avait pourtant pas coupé les ponts avec Darya après le départ de sa mère. Malgré l'attitude glaciale de Reza, elle venait régulièrement la voir. La répression ne les avait pas non plus séparées. Emprisonnée en raison de sa participation au mouvement des Moudja-hedin, Mona, à peine libérée, s'était rendue auprès de Darya, se demandant si celle-ci la reconnaîtrait. Mais la fille de Roxana s'était blottie dans ses bras dès qu'elle l'avait aperçue. Que s'était-il passé ensuite ? Un jour, la sage-femme avait dû quitter Ispahan. Puis le temps avait filé plus vite que prévu, et au retour de Mona trois ans auparavant, Darya l'avait accueillie dans la maison familiale sur le flanc du mont Sofeh, les cheveux enserrés dans un foulard strict traduisant sa foi, drapée d'un tchador noir porté comme un éten-dard.

« Tu pourrais au moins l'ôter quand on est entre nous ! » s'était agacée Roxana quelques semaines plus tôt, prenant Mona à témoin.

Darya, dans cette maison qui était devenue la sienne, leur avait alors servi le riz agrémenté de baies pré-paré de ses mains, avant de répondre à la remarque de sa mère en parlant du *hedjab*, garant de la pudeur féminine, « qui impose aux femmes de ne pas chanter devant les hommes, car le son de leur voix éveille la sensualité masculine ».

Était-ce à ce moment-là que Roxana avait proposé d'emmener son petit-fils à Los Angeles ?

Mona se souvint qu'elle n'avait cessé d'en parler : « Ce voyage lui fera le plus grand bien ! Ne vois-tu pas Mona que cet enfant dépérit dans cet environnement sinistre ? Omid va venir avec moi ; on en profitera pour soigner son eczéma ; je prendrai rendez-vous avec le meilleur spécialiste de Beverly Hills ; et je le ramènerai à sa mère après.

– Tu sais, on a d'excellents dermatologues en Iran…

– Mais enfin, qu'est-ce que tu crois Mona ? Tu t'imagines que je propose cela par caprice, que je m'ennuie, seule, dans ma villa de Westwood ? Tu penses que je n'ai que ça à faire ? Pouponner ce bambin, entre mes enregistrements et mes tournées ? »

Quels enregistrements ? Quelles tournées ? Mona savait bien que la carrière de Roxana était depuis longtemps sur le déclin…

Darya vint à sa rencontre à travers les allées du jardin en fleurs. Mona l'étreignit en lui murmurant des paroles de réconfort. La fille de Roxana se laissa faire, avant de se dégager, la remerciant à mi-voix.

– La police m'a appris ce qui s'est passé au dispensaire… Ils pensent qu'il y a un lien avec la mort de ma mère…

Puis elle la précéda d'un pas rapide vers la maison. À l'intérieur, dans le hall dallé de noir, Omid les attendait, petit garçon chétif portant des Nike flambant neuves, rapportées de Los Angeles. Avec son air emprunté, il ressemblait ce jour-là à l'enfant triste qu'était au même âge Darya.

– Omid, mon garçon, tu veux bien saluer le docteur Shirazi ?

– Tu fumes toujours des Marlboro ? Une fois, Roxana-*madar* m'a fait goûter une taffe… raconta le gamin avec fierté, avant de lancer un coup d'œil à sa mère. (Puis il s'arrêta net, se souvenant du drame.) Ils ont dit qu'elle avait été tuée… lâcha-t-il en baissant les yeux.

Mona se pencha pour le serrer dans ses bras. Mais Darya intervint aussitôt :

– Va dans ta chambre Omid ! Mona et moi devons parler…

Une fontaine coulait au pied de l'escalier. Le petit garçon en fit le tour deux fois, trois fois, avant de disparaître derrière une porte. Darya se dirigea vers la cuisine, dont la mosaïque claire aux arabesques colorées contrastait avec le décor sombre de l'entrée.

– J'essaie de protéger Omid, dit-elle, mais la radio répète sans cesse que sa grand-mère a été assassinée par un tueur en série.

Puis Darya posa des dattes et des fruits secs sur la table, s'installa en face, croisant les mains sur son tchador. Le silence retomba, jusqu'à ce que Mona le brise :

– Nadia Nassiri était chanteuse. Sais-tu si Roxana la connaissait ?

– Non, ce nom ne me dit rien…

– Ta mère avait un projet de concert. C'était un concert clandestin qu'elle organisait avec l'un de ses anciens musiciens. Tu n'étais pas au courant ?

– Tu parles de David, votre ami arménien ? Non, elle ne m'en avait pas parlé. Et je ne sais que te dire ma sœur… Tout cela semble si irréel. Quand je pense qu'il y a à peine vingt-quatre heures elle était encore là, avec Omid, dans la pièce d'à côté… soupira Darya, avant de débarrasser les verres à thé.

Mona avait à peine entamé le sien, mais Darya s'affairait, balayant le sol de son tchador.

– Dis-moi ma fille, sommes-nous seules ? demanda Mona. Où est ton mari ? Et ton père ?

– Mohammad est sur un chantier, et mon père fait des démarches pour récupérer la dépouille de ma mère… Ne te sens pas obligée de rester, ma sœur, ajouta-t-elle aussitôt. Tu dois avoir besoin de reprendre des forces.

Mona se leva, suivit Darya jusqu'au hall d'entrée.

– Impossible de trouver le repos aujourd'hui après ce qui s'est passé, dit-elle. Je vais essayer de voir David…

– Penses-tu vraiment que cela soit nécessaire ? lâcha Darya en lui faisant face.

Mona garda le silence tandis qu'elles traversaient le jardin, puis, devant la grille, elle chercha son regard. Mais la fille de Roxana lui tourna le dos, releva d'une main son tchador, avant de s'éloigner, le bras drapé dans le tissu noir.

Au cœur de l'agglomération à la circulation dense, Mona ralentit en approchant de la morgue, une construction en béton gris sur une avenue bordée de platanes. Une trentaine de personnes, en majorité des femmes, aux épaules tombantes, aux visages fermés, étaient assises sur le trottoir. C'étaient les parents des étudiants disparus lors des manifestations, dont la file d'attente se renouvelait chaque jour près du bâtiment mortuaire surveillé par la police.

Parmi les véhicules stationnés devant l'entrée, Mona reconnut la Range Rover de Reza Forsati. À bonne distance des familles qui attendaient des nouvelles de leurs enfants, celui-ci discutait avec un policier.

Elle baissa sa vitre pour lui faire signe, mais le mari de Roxana ne sembla pas l'apercevoir.

Reza lui avait toujours fait penser à un sphinx, avec ses cheveux coupés au bol et ses sourcils légèrement tombants. Mais ce jour-là il avait plutôt l'aspect d'un oiseau noir au plumage fatigué. Un corbeau.

Mona chercha en vain un emplacement pour se garer. Une voiture se mit à klaxonner, puis le conducteur la doubla en l'invectivant.

Un mouvement parcourut la foule, les uns et les autres se levèrent petit à petit dans un murmure. La porte s'ouvrit. Un homme vêtu d'une blouse blanche apparut sur les marches. Une feuille de papier à la main, il égrenait le nom des morts d'une voix monocorde. Mona jeta un coup d'œil dans le rétroviseur avant de s'éloigner et vit les gens retenir une femme qui s'effondrait.

Pendant ce temps, Reza serrait la main du policier.

Mona se gara devant son immeuble, un bâtiment des années 70 aux murs blancs, dont les fenêtres aux carreaux opaques étaient protégées par des grilles en fer forgé. Elle poussa le portail, s'engagea dans la cour. Au fond, elle perçut un mouvement furtif, un chat, probablement.

Et alors qu'elle montait les marches, elle entendit claquer la porte de l'immeuble. La fatigue pesait sur ses pas. Dans sa tête il n'y avait plus que le silence.

Mais dès le deuxième étage, la chanson de Roxana résonna de nouveau dans ses tympans.

C'est en ouvrant la porte de son appartement que Mona comprit : le refrain ne tournoyait pas dans son esprit, il provenait de la cuisine. La femme de ménage était probablement passée dans la matinée, d'ailleurs le carrelage brillait. Elle avait dû laisser la radio allumée, songea Mona, étonnée que madame Zafran ait choisi la BBC en persan. À la fin de la chanson, un journaliste rappela le décès de la chanteuse, puis relata le second meurtre commis par le tueur aux tulipes d'Ispahan.

Dans sa chambre, elle se déshabilla, puis laissa passer de longues minutes avant de composer le numéro de David.

Dans un royaume où les ignorants sont rois, un homme a volé la voix des femmes. Il a emporté leur chant, semé des tulipes sur leur chemin ; et la joie s'en est allée.

N'y avait-il pas une ressemblance troublante entre ce refrain et les circonstances de la mort des deux chanteuses ? Quel que soit l'auteur de ces paroles, le morceau avait été écrit peu avant que la chanteuse ne s'exile, puisqu'il figurait sur son premier disque sorti aux États-Unis…

Le répondeur de David s'enclencha. Mona raccrocha brusquement. Elle s'allongea, en quête de repos. Mais le souvenir de la bouille juvénile de Nadia Nassiri la tourmentait, de même que le visage fermé de Darya, qui se détournait, comme si ses questions la dérangeaient.

6

Freud contre Mahomet

C'était la ville natale de ses parents, et pourtant Narek ne ressentait aucune émotion en parcourant Ispahan à bord d'un taxi rouillé. Tandis que le conducteur, un jeune homme vêtu d'un polo Ralph Lauren de contrefaçon, râlait contre la rivière à sec, il observait, étonné, les ponts historiques maladroitement juchés sur leurs piliers.

– Avec la rivière, on nous a enlevé notre joie de vivre ! se lamentait le taxi. Sans le Zayandeh rud, la ville ne ressemble plus à rien…

– C'est la sécheresse… hasarda Narek.

– La sécheresse, mon œil ! Elle a bon dos la sécheresse ! On en a connu d'autres, mon frère, à Ispahan. Jamais ça n'a duré aussi longtemps.

Le Zayandeh rud s'était en effet retrouvé à sec plusieurs étés de suite, mais immanquablement l'eau revenait irriguer la ville à l'automne. Qui, alors, avait dérobé la rivière ?

Le murmure du fleuve, apprit Narek, avait été remplacé par la rumeur liée à son absence. On évoquait un barrage au loin. Mais pourquoi détourner le cours d'eau ? s'indignaient les habitants. Était-ce, comme le pensaient certains, pour irriguer les propriétés agricoles de puissants dignitaires religieux de la région.

Ou bien pour enrichir des gardiens de la Révolution comme le général Ghomi, censé posséder des parts dans la société de construction du barrage. Ou encore, comme l'affirmait la mairie, pour faciliter le forage du métro d'Ispahan : ce projet, démarré huit ans auparavant, qui mettait en danger le célèbre pont aux trente-trois arches.

– Il y a une pétition qui circule contre le métro. Vous pouvez la trouver sur le web. Personnellement, je suis pour le tramway. J'ai étudié en Allemagne et j'ai beaucoup voyagé là-bas…

Le chauffeur de taxi, apprit Narek, était un géologue au chômage.

– Ce n'est pas toujours facile pour les jeunes diplômés en Iran…

– C'est l'enfer vous voulez dire ! s'exclama le conducteur en prenant un virage sec.

Il sourit dans le rétroviseur, avant d'ajouter :

– Et ce n'est pas notre soi-disant président qui va arranger la situation. Vous savez ce qu'on dit : on a retrouvé le chaînon manquant, il est en Iran, et il s'appelle Ahmadinejad. Et celle des poux, vous la connaissez ? Le président Ahmadinejad a décidé que pour respecter l'islam, les poux mâles devaient être séparés des poux femelles, il s'est donc fait la raie au milieu. C'est une blague qui date d'avant les élections. J'en ai d'autres, plus fraîches…

Mais il s'interrompit et lança un coup d'œil à son client :

– Le problème, c'est qu'on a beau continuer à plaisanter, Ahmadinejad ne nous fait même plus rire.

Le conducteur gara son véhicule devant une église dont la coupole en brique était surmontée d'une fine croix.

Narek s'enfonça dans le quartier arménien de Djolfa, fondé au XVIe siècle après que cette communauté chrétienne y fut déplacée dans le sillage sanglant de la guerre entre l'Empire turc des Ottomans et l'Empire perse des Safavides. Il se perdit dans les ruelles couleur cendre et demanda son chemin à une femme aux cheveux blancs coiffée d'un foulard bleu ciel. Installée sur une terrasse en rez-de-chaussée, celle-ci quitta sa chaise pour lui répondre en arménien :

– Qui cherches-tu ? David ou son cousin Vladimir, ce bon à rien ? demanda-t-elle en s'accoudant aux barreaux.

Narek prit la direction qu'elle lui indiquait et déboucha sur une rue bordée d'immeubles neufs de sept à huit étages.

Un homme vint à sa rencontre. Grand et mince, légèrement voûté, il portait une barbe châtain clair.

– Narek ? Je suis David. Tu as demandé ton chemin à madame Petrossian, sa fille m'a prévenu par un coup de fil.

David n'ajouta pas un mot, et ils parcoururent le reste du trajet en silence. C'était donc lui, songea Narek, le célèbre pianiste qui avait connu la chanteuse Roxana.

Dans son duplex aux murs blancs, le musicien lui tendit un café avant de mettre un CD : un air sirupeux des années 80. Un piano à queue occupait la place d'honneur sur le carrelage du salon, séparé de la cuisine par un comptoir en briques rouges.

– Tante Vart m'a dit que tu avais rendez-vous avec la police, ici à Ispahan ?

49

– Oui, je rencontre un inspecteur de la Criminelle qui s'est illustré, paraît-il, durant l'enquête sur la Chauve-souris de Téhéran…

Coupant court à ses explications, David s'éloigna sans mot dire et s'approcha de la chaîne hifi.

– Écoute ! fit-il. C'est elle…

La voix de la chanteuse s'éleva dans les aigus, puis se fit fragile, au point qu'on l'aurait dit prête à se briser, avant de reprendre peu à peu de l'ampleur dans un crescendo de violons et de synthétiseur.

– Tu n'aimes pas beaucoup la variété je suppose ?

C'était très différent en effet du rock sombre et acoustique qu'écoutait habituellement Narek.

– Tu comprends les paroles ? J'imagine que tu parles persan avec ton père. J'ai été le premier membre de la famille à le rencontrer, tu sais. Je servais même parfois d'alibi à ta mère quand elle le retrouvait en secret ! Ils ont tout fait pour qu'elle ne l'épouse pas… (Puis il s'éloigna.) Je vais te faire écouter un autre disque…

Un morceau aux sonorités moins synthétiques résonna dans le salon. La chanteuse avait limité les effets, ne montait plus dans les aigus. Ses paroles avaient des accents de poésie baroque à laquelle on pouvait donner un sens politique : *Dans un royaume où les ignorants sont rois, un homme a volé la voix des femmes…*

Sur la pochette du disque, Roxana, petit bout de femme perchée sur des talons interminables, portait une robe asymétrique du même roux que ses cheveux teints au henné. Elle avait les traits fins et une certaine cruauté dans le regard qui lui donnait l'air d'un félin.

Quand le morceau s'arrêta, le musicien ne reprit pas tout de suite la conversation, se contentant de siroter son café.

– Vart m'a dit que tu écrivais sur la situation postélectorale, déclara-t-il finalement. Tu as entendu les « aveux » des opposants ? On dirait un mauvais *remake* des procès de Moscou, tu ne trouves pas… Mais on en reparlera plus tard. L'homme qui a capturé la Chauve-souris t'attend.

L'inspecteur de la police d'Ispahan se nommait Abbas Velayi et avait un look parfaitement islamique : col mao, costume de couleur sombre et barbe taillée de près. Il s'exprimait par ailleurs d'une voix basse et grave, comme s'il prononçait une prière, et maniait avec habileté la langue de bois, peu enclin à en venir aux faits. Dans son bureau, où trônait le portrait du guide Khamenei, Narek l'écoutait évoquer, en guise d'introduction, l'extraordinaire civilisation iranienne, « six fois millénaire ».

Lors de son précédent voyage, les Téhéranais avaient déjà bassiné Narek avec leur culture bimillénaire datant de l'Empire perse. La civilisation iranienne prenait-elle un millénaire par an ? Ou bien était-ce une originalité des Ispahanais de faire remonter l'histoire du pays aux Sumériens ?

– Pouvez-vous me décrire les circonstances de la mort des deux chanteuses ? s'impatienta Narek. J'aurais besoin de le préciser dans mon article.

Velayi expliqua en prenant son temps :

– La première victime, Roxana Forsati, un mètre cinquante-quatre, quarante-neuf ans, était une chanteuse célèbre qui s'était exilée aux États-Unis après la révolution. La seconde, Nadia Nassiri, un mètre cinquante-huit, dix-neuf ans, était une simple étudiante qui s'était produite quelquefois dans des concerts autorisés par l'Orientation islamique.

Tout en parlant, il étala sur son bureau des photos d'identité des deux femmes. Roxana, plus âgée que sur le disque de David, moins maquillée, portait un foulard strict, mais avait toujours cet air légèrement féroce. Narek reconnut également Nadia. Visage rond, souriant, sourcils bruns se rejoignant presque : son image était de nombreuses fois apparue à la télévision.

– Les modes opératoires diffèrent légèrement, puisque Roxana présentait des traces d'hémorragie intracrânienne que nous n'avons pas trouvées chez Nadia, mais elles sont toutes les deux décédées des suites d'une strangulation opérée au moyen de leur voile. Avez-vous entendu parler de la Chauve-souris de Téhéran ? Lui aussi utilisait le foulard de ses victimes…

– Le tueur s'inspire donc de la Chauve-souris…

– On peut aussi penser à l'Araignée de Mashad dont les premiers meurtres étaient très rapprochés dans le temps. Mais la comparaison s'arrête là. La véritable marque du tueur d'Ispahan sont ces tulipes en soie posées sur le corps des victimes…

– Que vous ont révélé les analyses ?

– Rien de significatif. Roxana a été agressée avec une barre de fer provenant probablement des décombres du théâtre. Quant à Nadia, on l'a endormie avant de l'étrangler. Mais nous n'avons retrouvé ni les débris ensanglantés, ni le tissu chloroformé. Nous concentrons donc notre enquête sur les criminels récemment relâchés à Ispahan. Certains ont un profil suspect : toxicomanes, célibataires et anciens de la guerre Iran-Irak… Notre profileuse, Marjan Salameh, étudie leurs dossiers. Je peux vous la présenter si vous le souhaitez, dit-il en décrochant son téléphone. C'est une spécialiste de haut niveau…

– Mais pourquoi, intervint Narek, pensez-vous que les deux meurtres sont liés ? Roxana était une femme riche…

– Et ses héritiers, en particulier son mari, enchaîna Velayi, font aussi partie des suspects.

La profileuse pénétra dans le bureau. Elle avait un visage austère, avec un grain de beauté proéminent sur la joue, mais la coupe élégante de sa longue tunique anthracite révélait un grand soin porté à son apparence. Coiffée d'un foulard bleu nuit lui retombant en drapé sur les épaules, elle portait une rangée de bracelets en or qui cliquetaient à chacun de ses mouvements.

Narek se leva pour lui tendre la main, mais elle le considéra avec dédain, avant de croiser les bras. Velayi s'inclina devant sa collègue, tout en se tenant à une distance « islamiquement correcte ». Elle le gratifia d'un sourire.

– Marjan, expliqua le policier, a étudié la psychanalyse à l'université de Téhéran…

– Vous voulez dire la psychologie mon cher Abbas, corrigea la profileuse d'un ton sec. En Iran, nous nous inspirons davantage du comportementalisme que de Freud ou de votre incompréhensible Lacan. Je ne porte que peu de foi à toutes ces histoires d'Œdipe. Un bon musulman ne saurait tomber amoureux de sa mère ! Les règles de la charia sont là pour empêcher de telles perversités…

Visiblement peu intéressé par le débat, Velayi étala sur la table les photos des cadavres des chanteuses.

– Vous remarquerez, monsieur Djamshid, la violence des agressions…

Chevelure rousse ensanglantée sous un voile en dentelle, plaie béante sur une nuque brisée : un puzzle éclaté où le policier désigna avec un crayon le cou violacé de Nadia, avant de faire glisser sur le bureau le visage de Roxana, étrangement intact, malgré sa tempe défoncée.

Les tulipes rouges artificielles, en gros plan, apportaient au tableau une touche étrangement désuète.

Velayi les rangea sans un mot et ouvrit le dossier qui recensait les objets retrouvés sur les victimes : rouge à lèvres, passeport, agenda… Il manquait une pièce importante de la vie quotidienne.

– Nous n'avons pas retrouvé leurs téléphones portables, précisa le policier. Le tueur les a soit détruits soit emportés comme des fétiches.

– Mais vous êtes sûrs qu'il s'agit d'un tueur en série ? insista Narek. Les deux victimes n'avaient pas du tout le même âge…

– Vous avez raison, Roxana était une riche *taghouti* qui avait quitté le pays pour jouer sa musique décadente aux États-Unis. Ce qui n'était pas le cas de Nadia Nassiri, une jeune fille respectable originaire du village d'Abyaneh qui interprétait une musique *sunati* tout à fait décente. Et le mari de Roxana Forsati, qui n'a pas d'alibi, reste un de nos suspects. Je maintiens cependant que la thèse du serial killer est la bonne, répéta le policier. Les deux femmes étaient musiciennes professionnelles…

– Et la mise en scène des assassinats obéit à un rituel précis, intervint la profileuse. Les tulipes sont là comme une évidente signature, en résonnance avec un motif plus profond qui est le refrain de la chanson…

– Quel refrain ? réagit Narek.

– Je n'ai pas encore eu le temps de l'évoquer, expliqua l'inspecteur Velayi, mais un témoin m'a fait remarquer une coïncidence troublante, qui nous en dit plus, j'en suis sûr, sur la cérémonie du tueur, précisa-t-il en s'emparant d'un CD rangé dans l'un des dossiers.

Il l'introduisit dans son ordinateur et jeta un coup d'œil glacial à Narek avant de commenter :

– Vous savez qu'en Iran, le chant des femmes est considéré comme impudique et ne doit pas être entendu par les hommes.

La profileuse hocha la tête en signe d'approbation. Le journaliste se garda de tout commentaire. Il s'agissait d'un de ces innombrables interdits que les citoyens de la République islamique contournaient joyeusement au quotidien. Désormais, dans le nord aisé de Téhéran, des boutiques affichaient en vitrine des CD de Madonna aux côtés des DVD américains autrefois vendus sous le manteau. Malgré le durcissement de la censure pendant les dernières années, une grande variété de produits arrivait en flux continu dans un pays sous embargo international, où le régime lui-même utilisait les réseaux de contrebande pour s'approvisionner dans le cadre de son programme d'armement nucléaire.

– J'ai demandé une *fatwa* spéciale afin de vous faire écouter cette variété décadente enregistrée aux États-Unis, tint à préciser Velayi avant de cliquer.

Le bureau résonna du morceau que Narek avait entendu chez David :

Dans un royaume où les ignorants sont rois, un homme a volé la voix des femmes…

– Cette chanson ou ses paroles ont probablement un écho traumatique chez le meurtrier, expliqua la profileuse.

– Je ne comprends pas.

– Un homme qui emporte la voix des femmes, les tulipes sur leur chemin ! Vous ne voyez pas ? répondit Velayi. Le tueur s'inspire de ce refrain pour commettre ses crimes.

– Roxana était probablement pour lui l'objet d'une focalisation morbide, d'une obsession que l'acte meurtrier n'a pas réussi à calmer. D'où la répétition immédiate de son acte. Et ce monstre recommencera, mû par ses pulsions anormales, s'anima soudain la profileuse.

– Marjan, commenta Velayi, a de fortes craintes qu'il ne s'en prenne rapidement à une nouvelle victime.

– L'écho médiatique de l'affaire risque en effet de l'exciter, dit-elle, avant de laisser planer un silence. Si vous le permettez maintenant, je vais retourner travailler.

Et elle inclina légèrement la tête vers son collègue.

L'inspecteur Velayi répondit à son salut, une main sur la poitrine.

– Nous avions déjà collaboré lors de l'enquête sur la Chauve-souris, précisa le policier après son départ. Marjan est l'une des profileuses les plus compétentes d'Iran, voire du Moyen-Orient. Je suis sûr que même en Amérique peu atteignent son niveau… Avez-vous vu, monsieur Djamshid, cet excellent film qui s'appelle *Le Silence des agneaux* ?

Mais le policier islamique, fan de cinéma américain, fut dérangé par le téléphone.

– Qui cela ? Ghomi ? Dites-lui que je suis en rendez-vous… Comment ? Nous féliciter, oui, je comprends… Mais je n'ai pas que ça à faire ! Je mène une enquête sur un tueur… Bon, j'arrive, j'arrive ! céda-t-il, agacé.

En même temps, il fit signe à Narek de quitter la pièce.

7

Son prénom était Shadi

En sortant du bureau du policier, Narek croisa dans un couloir deux jeunes, apparemment des étudiants. Enchaînés par les pieds, ils étaient assis sur un banc quand des gardiens de la Révolution firent irruption avec leurs armes. Ils les mirent debout sans ménagement, leur ordonnant de se ranger contre le mur. Narek se retrouva épaule contre épaule avec l'un d'entre eux.

D'autres Pasdaran martelèrent le sol de leurs bottes, ouvrant la voie à un général corpulent portant une barbe fournie à la Fidel Castro. Un attaché-case à la main, son Blackberry à l'oreille, il paraissait absorbé dans une conversation. Il passa près de Narek sans lui jeter le moindre regard.

– C'est Ghomi, murmura le jeune homme à côté de lui. Le général Ghomi, un ami du président… J'espère que ce n'est pas lui qui va nous interroger : si c'est le cas, fit-il avec un triste sourire, on est mal partis.

Un Pasdar s'approcha et les jeunes gens se turent. Narek quitta le bâtiment de la police.

Un gardien de la Révolution fumait contre la limousine du général Ghomi, sa mitraillette accrochée comme une guitare en bandoulière. Un policier s'approcha pour lui demander une cigarette.

– Que se passe-t-il ? fit-il en désignant la limousine.

– Vous avez réussi un beau coup de filet la semaine dernière. Trois tonnes : c'est une prise historique à Ispahan… Le général est venu vous féliciter. Il paraît que Velayi s'en est occupé personnellement ?

– Oui, l'inspecteur est resté en planque avec mes collègues des stups. Les dealers se retrouvaient la nuit devant un entrepôt désaffecté, dans un endroit impossible. Velayi a manifestement introduit un bon indic dans le réseau, car c'était loin de tout, au beau milieu du désert…

– C'est lui qui l'a infiltré ? demanda le gardien de la Révolution en rajustant sa mitraillette.

– Je n'en sais rien, mon frère ! C'est un dossier qu'il gère personnellement… Mais les affaires de drogue ne l'intéressent plus depuis la mort des chanteuses ! Hier, il nous a envoyés faire le tour des magasins de souvenirs pour qu'on retrouve des fleurs artificielles identiques à celles que le tueur dépose sur ses victimes. Et je peux te dire que c'est un travail de fourmi, mon frère…

– Résultat ?

Le policier haussa les épaules.

– Résultat : rien… En tout cas pas à ma connaissance. Ils ne nous informent pas beaucoup, tu sais. Velayi ne fait confiance qu'à sa copine psychologue venue de Téhéran. Cette Marjan, déclara-t-il en secouant la tête, en sait plus sur l'enquête que tous les hommes de la brigade, alors qu'on sait bien que les femmes sont incapables de tenir leur langue !

Le policier n'en dit pas plus et s'éloigna en fumant. Narek s'attarda encore quelques instants, avant de demander à un taxi de le déposer près du théâtre où Roxana avait été assassinée.

– C'est dans une impasse, après le bazar, je ne peux pas y accéder en voiture, mais vous n'êtes pas loin, indiqua le chauffeur en se garant devant la mosquée du Sheikh Lotfollah au nord de la grande place d'Ispahan.

Narek chercha son chemin en longeant le portail couvert de mosaïques bleues. Il détourna pudiquement les yeux en apercevant les fidèles agenouillés dans la salle de prière, contourna le bâtiment à la coupole émaillée d'arabesques blanc et or, et découvrit l'entrée du bazar. Sous ses voûtes s'exposaient des étals d'électroménager pris d'assaut par des femmes de tous âges. Il joua des coudes pour traverser avant de découvrir une ruelle blanche, sinueuse, semée de minarets turquoise.

Il s'engagea dans une impasse, se demandant s'il en avait bien le droit ou s'il s'agissait d'un espace privé. Une vieille femme en tchador assise sous un porche sembla très étonnée de le voir. Elle donna de la voix pour appeler sa voisine afin de lui parler de ce *kharedji*, cet « étranger » qui avait surgi devant chez elle.

Narek quitta l'impasse et longea une rue déserte dont les immeubles bas présentaient de petites portes de bois en arc brisé. Il s'arrêta net.

Au fond d'une allée, une dizaine de personnes étaient rassemblées devant un bâtiment en pierre au portail encadré de colonnes de briques sculptées. Ses fenêtres étaient condamnées et le côté gauche de l'édifice n'était plus qu'un amoncellement de gravats, surplombé par une grue.

Un homme à la moustache grise s'entretenait avec une dame chenue en tchador. Narek s'approcha, tendit l'oreille.

– Il les a violées avant de les tuer ? demanda-t-elle.

– Il semblerait que non…

– Le meurtrier, s'exclama alors la femme, est sûrement encore un Afghan !

– Pourquoi encore ? rectifia une jeune fille non loin de Narek.

Elle portait une courte tunique et un fuseau noirs, ainsi qu'un *maghnaeh* : un foulard en forme de cagoule, de couleur verte. Une tenue adoptée par beaucoup d'Iraniennes lors des manifestations de juin.

– Bah, avec tout ce qui se passe dans leur pays… les Afghans ne sont pas comme nous, c'est un peuple fanatique et obscurantiste !

Mais la jeune femme, soudain très pâle, ignora sa réponse et s'appuya contre l'une des colonnes du vieux théâtre.

– Tout va bien mademoiselle ?

Narek posa sa main sur son épaule.

Elle se rétracta aussitôt, le tenant à distance par son regard.

Narek s'excusa. Quel idiot ! se dit-il. On était en Iran, un pays où les hommes n'étaient pas libres de toucher des femmes qu'ils ne connaissaient pas. Et Ispahan avait la réputation d'être une ville bien plus conservatrice que Téhéran. Il tenta donc de la rassurer, précisant qu'il était journaliste, venait de l'étranger et devait écrire un article sur le meurtre.

– J'habite à Paris, mais je suis né à Téhéran, ajouta-t-il…

Ils se parlaient tout bas. Elle avait la peau blanche et des yeux noirs, légèrement étirés, comme ceux d'une miniature persane, remarqua Narek en se penchant pour lui demander ses coordonnées. Elle ignora sa demande.

– Je m'appelle Shadi, dit-elle avec l'accent traînant d'Ispahan.

Des Pasdaran en treillis militaires s'approchèrent, armes à la main.

– Merci à tous de quitter la ruelle ! Veuillez vous disperser, *befarmayin* : c'est par ici. Afin d'assurer votre sécurité, le gouvernement a interdit les rassemblements…

Shadi commença à s'éloigner.

Mais un gardien de la Révolution se posta subitement devant elle.

– Un renseignement d'abord s'il vous plaît, ma sœur : on se connaît vous et moi n'est-ce pas ? À quelle occasion nous sommes-nous croisés ?

– Je ne crois pas qu'on se soit jamais rencontrés mon frère, répondit la jeune femme d'un ton glacial.

– Mais si, je suis persuadé que je vous connais ! dit-il en la mettant négligemment en joue. Hé, Hamid, tu n'as pas déjà vu le visage de mademoiselle quelque part ? Il faut dire qu'il est difficile de l'oublier…

Les passants avaient quitté la ruelle. Tous, hormis Narek, à qui le gardien de la Révolution fit signe de déguerpir.

– Je suis journaliste, répondit-il. Je travaille pour des médias étrangers.

– Circulez monsieur ! Afin de lutter contre les forces antidémocratiques, les rassemblements sont désormais interdits en Iran !

Mais Narek songeait que le fait d'avoir été repéré par l'Ershad pouvait lui être utile, qui sait.

– Je suis en relation avec Maleki de l'Orientation islamique. C'est lui qui m'a envoyé à Ispahan. Je peux l'appeler d'ailleurs si vous voulez vérifier, précisa Narek en composant le numéro sur son portable.

Maleki, qui décrocha aussitôt, se montra ravi qu'il réponde enfin à ses multiples messages.

– Oui, en effet, je suis arrivé à Ispahan… Non, je ne vous ai pas prévenu de mon départ… Écoutez, je suis sur la scène du meurtre, où je rencontre quelques entraves dans mon travail… En parler à l'inspecteur Velayi ? Oui, bien sûr, je l'ai rencontré aujourd'hui même…

Les gardiens de la Révolution se regardèrent. Imperceptiblement, ils baissèrent leurs armes. Après avoir raccroché, Narek se tourna vers la jeune femme. Mais celle-ci n'était déjà plus dans l'allée.

Il reprit sa route, évitant de se retourner bien qu'il se sentît talonné par les militaires. Des pas et des éclats de rire résonnaient dans son dos. Mais il déboucha rapidement sur une avenue embouteillée où les magasins de photo s'alignaient à côté des pizza-burger. Narek passa devant une vitrine où des mannequins en plastique étaient revêtus d'imperméables roses et de foulards assortis. Ils n'avaient pas de visage. Ce n'était donc que cela la vieille ville d'Ispahan, trois rues appelées à se réduire comme peau de chagrin ? Il se trouvait désormais à l'est de la grand-place, et se hâta vers les jardins du palais Tchehel setoun, flamboyant au loin des teintes de l'automne. Autour d'un bassin qui s'étendait à perte de vue se promenaient de nombreux passants. Vingt colonnes ornées de figures sculptées se reflétaient dans l'eau. Ainsi, les vingt devenaient quarante, donnant son nom au palais – *Tchehel setoun*, quarante colonnes.

À distance, les gardiens de la Révolution le suivaient toujours, prenant leur temps, tout en le tenant à l'œil. Narek pénétra dans le hall orné de stucs, se dirigea vers la salle du trône aux murs couverts jusqu'à mi-hauteur de marbre strié de fils d'or et décorés de cadres en marqueterie où des miniatures anciennes représentaient des scènes de chasse. Juchés sur des chevaux aux jambes effilées, les personnages transperçaient leurs proies avec des lances.

Des talons claquèrent sur le marbre. Une gardienne portant un foulard bleu assorti à son tailleur exigea un billet qu'il n'avait pas. Elle le reconduisit poliment au guichet, mais après un regard jeté à l'extérieur, Narek s'éclipsa vers la sortie.

Il slaloma ensuite entre les voitures pour gagner la grand-place, *maydan* Naghsh-e Jahan, bâtie au XVIe siècle par le Shah Abbas et rebaptisée place de l'Imam par la République islamique. Sur l'esplanade encadrée de bâtiments en brique aux arcades voûtées, un palais faisait face à la mosquée de l'Imam dont la coupole était couverte de mosaïques bleues aux décorations florales. C'était à la fois monumental et précis comme de la dentelle, mais la circulation autour de la place était intense. Au cœur de cette métropole polluée qu'était désormais Ispahan, Narek guettait ses poursuivants dans la foule, tout en cherchant en vain la fine silhouette de Shadi.

Son portable vibra dans sa poche.

– Cher Narek, nous arrivons demain, lui annonça son ami Mozaffar. Comment se passe votre voyage ?

– J'ai rencontré un policier au moins aussi étrange que les meurtriers qu'il poursuit. Il a une théorie fantaisiste sur le rituel de l'assassin. Celui-ci s'inspirerait du refrain d'une des chansons de Roxana.

– S'agit-il d'Abbas Velayi ? Ma femme l'a vu à la télévision. Elle pense comme vous qu'il est un peu dérangé. Je crois plutôt que tout ce tapage médiatique est destiné à faire oublier la fraude électorale. Au fait, où logez-vous mon ami ? Nous avons loué un grand appartement en centre-ville…

– J'habite chez un cousin de ma mère, David Manoukian, un musicien…

– … qui a travaillé avec Roxana ? David est un homme extrêmement célèbre en Iran. Que vous a-t-il appris sur cette affaire ?

– Rien, il semble très réticent à aborder le sujet.

– Venez donc dîner avec lui vendredi, nous reparlerons de tout cela !

Narek se remit en marche et descendit une avenue encombrée de véhicules. Une succession de boutiques arboraient en devanture des drapeaux iraniens dépourvus d'inscriptions islamiques. Signe manifeste de désobéissance civile.

8

Made in Iran

Lorsque le téléphone sonna au petit matin, Mona émergea d'un sommeil agité où la chanson de Roxana s'étirait comme une plainte. Elle perçut de loin le message laissé sur son répondeur : « Docteur Shirazi, pardon de vous déranger, j'ai eu votre numéro par la police. J'aimerais vraiment vous rencontrer. C'est au sujet de Nadia, ma fille… » Puis elle reconnut les pas de Leyli dans la salle de bains et se leva pour passer ses coups de fil avant le petit déjeuner.

– Pourquoi je ne peux pas venir avec toi ? se lamentait sa fille, vêtue de son uniforme scolaire. Je suis sûre qu'Omid serait content de me voir…

– Et tes cours ? demanda Mona en lui faisant signe de finir sa tranche de *lavash*.

– Justement… quelle plaie !

Car, sous la République islamique, la journée de cours démarrait pour Leyli et ses camarades par une pénible inspection corporelle.

Alignées sous le préau, elles devaient tendre leurs mains à une surveillante en tchador qui vérifiait que leurs ongles ne portaient pas de vernis. La femme, ensuite, examinait de près leur visage afin de traquer des traces de maquillage. Elle s'attardait sur les sourcils, car les Iraniennes n'avaient le droit de s'épiler ni le visage ni le corps avant le mariage. L'inspection se poursuivait par les jambes des collégiennes. Sur ce détail de sa physionomie, la fille de Mona tenait malheureusement de son père, originaire du sud de l'Iran ; celui-ci avait des sourcils noirs et broussailleux et ses poils dépassaient de ses chemises même lorsqu'il les boutonnait jusqu'au col.

« Il y a deux catégories de brunes », râlait Leyli en collant ses jambes contre celles de sa mère, foncées et lisses comme du caramel, « les brunes qui ont une belle peau qui n'a pas besoin d'être épilée, comme toi ; et celles qui ressemblent à des singes velus, y compris après leur passage chez l'esthéticienne. » Mona haussait les épaules en levant les yeux au ciel. Cela ne servait à rien de lui dire à quel point elle était belle avec sa longue chevelure noire, semblable à la sienne avant qu'une multitude de fils blancs n'y apparaisse. L'amour de ses proches n'y changeait rien : l'adolescente ne s'aimait pas, son corps l'encombrait, et elle aurait presque remercié le régime de lui imposer une longue tunique pour dissimuler ses formes.

– Allons-y ! lança Mona, il faut encore qu'on passe déposer tes affaires à côté…

– Oh la barbe ! J'ai déjà dormi là-bas hier ! J'adore les Azimi, mais leurs DVD datent de Mathusalem et je les ai tous vus trois fois au moins… Et d'ailleurs, que fais-tu ce soir ? Tu ne m'as pas dit qui tu voyais !

– Je ne te l'ai pas dit parce que ça ne te regarde pas, ma fille.

Leyli se leva, lissa sa tunique bleue de collégienne. Le regard bas, la mine sombre, elle protesta à mi-voix :

– C'est comme avec mon père. Tout le monde l'a connu, sauf moi… Tout le monde est au courant de ce qui lui est arrivé, sauf moi… Peut-être que c'est lui, d'ailleurs, que tu vois ce soir ?

Mona resta un instant sans rien dire, puis s'approcha.

– Ton père est mort, ma chérie, tu le sais très bien…

– Mais pourquoi alors n'allons-nous jamais sur sa tombe ?

Mona ne répondit pas. Ce n'était pas le père de Leyli qu'elle voyait ce soir. Mais il est vrai que depuis leur retour à Ispahan, elle sursautait chaque fois qu'elle croisait un homme de sa corpulence dans la rue. Et elle s'était même demandé si ce n'était pas lui qui avait pénétré dans leur appartement la veille. Avait-il retrouvé leur trace avant de s'introduire chez elles en leur absence ? Peut-être avait-elle tort de dissimuler la vérité à sa fille. Car si un jour il revenait, ne valait-il pas mieux que Leyli puisse le reconnaître ?

Mais sa fille, son sac à dos sur l'épaule, se dirigeait déjà vers la porte de l'appartement.

Leur voisine, une élégante femme aux cheveux blancs, les accueillit dans son salon.

– Toutes mes condoléances, ma chère Mona, pour la perte de votre amie.

– Merci, ma sœur. C'est très gentil de vous occuper de Leyli ce soir encore.

– C'est la moindre des choses, après ce drame affreux… intervint monsieur Azimi, ses fines lunettes métalliques à la main.

– J'ai lu sur Twitter que le tueur étranglait ses victimes avant de déposer des tulipes sur leurs corps, enchaîna l'adolescente en s'affalant sur un fauteuil.

– C'est encore un fanatique qui déteste les femmes, commenta madame Azimi.

– Il doit être impuissant, parce qu'il ne les viole pas.

– Leyli enfin ! réagit Mona. Roxana était mon amie…

En réponse, sa fille afficha une moue boudeuse, ourlant avec ostentation ses lèvres rouges que la surveillante en tchador avait un jour frottées avec fureur, persuadée qu'elles étaient maquillées.

– On va vous laisser madame Azimi. Leyli prendra le bus avec son amie Shirin et sera chez vous ce soir à 18 heures. On y va ma belle ? Prête pour l'inspection islamique avant la classe ?

– Quelle plaie, mais quelle plaie le collège ! rouspéta l'adolescente, rajustant avant de partir le foulard blanc de son uniforme scolaire.

Après avoir déposé sa fille, Mona traversa Ispahan dans sa R5 en repensant à monsieur et madame Azimi, Juifs iraniens dont les enfants avaient quitté le pays de longues années auparavant. Que se passerait-il si le président Ahmadinejad reprenait ses déclarations belliqueuses contre Israël ? Le site nucléaire de Natanz, non loin d'Ispahan, pouvait être la cible d'attaques aériennes. Qu'adviendrait-il alors de la communauté juive d'Iran ? Que deviendrait en cas de conflit leur tradition plusieurs fois millénaire de tolérance et de cohabitation entre les religions ? Que restait-il, d'ailleurs, de cette tradition après le congrès négationniste organisé à Téhéran par Ahmadinejad, s'était interrogée Mona, profil bas en croisant ses voisins le lendemain.

Les Azimi aimaient Leyli comme leur propre fille, mais toute leur famille était désormais aux États-Unis : leurs fils, leurs petits-fils, leurs neveux et leurs nièces... Que ferait-elle s'ils décidaient de les rejoindre ?

La sage-femme trouverait bien sûr d'autres personnes à qui laisser Leyli les soirs de garde. Mais elle savait bien comment étaient la plupart des Iraniens, et surtout des Iraniennes. Elle devrait subir un interrogatoire en règle auquel sa voisine n'avait jamais jugé utile de la soumettre. « Votre fille n'a pas de père ? Que lui est-il arrivé ? Vous ne vous êtes jamais remariée ? Pourquoi ? Vous êtes encore jeune... ou du moins bien conservée. Voulez-vous que je vous présente un homme sérieux qui travaille dans une administration ? C'est un cousin éloigné de mon mari... » Quel cauchemar !

En s'approchant de la demeure des Forsati, Mona remarqua la Range Rover de Reza, garée sur la pelouse.

Darya semblait l'attendre, soucieuse, debout dans le hall de la maison.

– On ne peut toujours pas prévoir la date de l'enterrement, mon père n'a rien pu faire pour l'instant...

– Ne t'inquiète pas, ça va s'arranger, j'en suis sûre, répondit Mona avant de remarquer Omid, accroché au tchador de sa mère. Elle se pencha vers l'enfant.

– Tu veux me demander quelque chose, mon petit bonhomme ? Tu dois te poser beaucoup de questions en ce moment...

Il gratta en silence l'eczéma sur son poignet, avant de le dissimuler en tirant sur la manche de sa chemise.

Sa mère, le voyant intimidé, fit l'intermédiaire.

– Omid voudrait savoir pourquoi tout le monde t'appelle docteur…

En Iran, toute personne diplômée d'une spécialité quelconque se voyait affublée du titre de « docteur », y compris les ébénistes de talent ou les professeurs de poésie panégyrique, mais Mona précisa qu'il ne s'agissait pas dans son cas d'une appellation honorifique.

– J'ai fait de longues études, mon garçon, pour aider les femmes à mettre au monde des enfants. Ma mère exerçait déjà ce métier avant moi.

– Moi, j'aimerais devenir chirurgien plus tard. J'aimerais fumer aussi, comme toi…

– Mona Shirazi n'est certainement un exemple à suivre pour personne, et surtout pas pour un garçon de ton âge !

Appuyé à la rampe de l'escalier, la mine sombre et les épaules tombantes, se tenait l'homme qui, vingt-cinq ans auparavant, avait empêché sa fille de rejoindre Roxana aux États-Unis.

Mona se contenta de sourire. Et Reza Forsati changea aussitôt d'expression, reprenant son aspect de sphinx.

– Je plaisante, évidemment. Tu es ici chez toi, ma chère Mona, et nous sommes heureux de te voir en ces tristes jours.

Malgré le ton chaleureux de ces paroles, Mona en retira un sentiment de malaise.

Il semblait pourtant loin le temps où, du haut de ces mêmes marches, Reza surveillait d'un œil sombre la petite Darya qui courait à toutes jambes vers elle.

Dans le salon au plafond voûté, la longue table en verre qui accueillait autrefois les amis de Roxana avait disparu, remplacée par une table en bois couverte d'une nappe décorée à l'encre rouge et bleu. Les fauteuils psychédéliques avaient fait place à des sofas encombrés de coussins brodés de fils d'or. Des miroirs enserrés dans des cadres en stuc étaient apparus au-dessus des meubles. Darya avait ainsi peu à peu trans-formé les lieux. Mais dès son retour sa mère avait remis en place des pièces de l'ancien décor : ses vases, une commode Louis XV, une méridienne blanche, qui trônait, inondée de soleil, sous la fenêtre du salon.

Chacun s'installa à la table, où se trouvaient une multitude d'entrées : des aubergines grillées marinées au yaourt, une salade de lentilles au citron, la tradition-nelle assiette de piments et de cornichons piquants…

Mona observa Reza qui saupoudrait de sel une lamelle de concombre. Avec ses sourcils en accent cir-conflexe, le petit homme râblé avait peu changé depuis l'époque où il produisait les disques de Roxana. Il avait toujours ses lèvres sensuelles et son air ironique. Mais c'était désormais un producteur en vue sur le marché de la variété labellisée *made in Iran*, purement instru-mentale ou accompagnée de voix masculines chantant les louanges des martyrs de la guerre Iran-Irak.

Reza s'était rapidement adapté aux contraintes imposées par le régime, en devenant l'un des piliers de l'industrie culturelle révolutionnaire. La rumeur publique l'accusait d'y avoir investi les recettes des premiers disques de Roxana, la loi islamique l'autori-sant à accaparer la fortune de sa femme. Sa fonction de producteur lui facilitait la tâche. Mais la rumeur était sans doute fausse. Son amie ne l'avait pas confir-mée, tenant des propos contradictoires sur le sujet. Et Mona se disait que le producteur, richissime, n'avait que faire de cet argent.

Reza ne s'était pas remarié et n'avait probablement jamais réussi à oublier son ex-femme. Et s'il avait déserté la maison depuis qu'elle était rentrée à Ispahan, il était venu rôder plusieurs fois devant sa porte, d'après Roxana, comme s'il voulait lui confier quelque chose qu'il avait sur le cœur. Comme s'il voulait s'excuser de tout ce qu'il lui avait fait subir.

Or il paraissait aujourd'hui totalement indifférent à sa mort, réglant les problèmes pratiques comme si de rien n'était, comme si un fou n'avait pas sauvagement assassiné Roxana.

Omid se lova dans les bras de sa mère avant d'aller dans sa chambre. Et Darya évoqua d'une voix douce les préparatifs de l'enterrement :

– Nous serons plus d'une centaine à la cérémonie. J'ai prévu des jonquilles pour Omid. As-tu pensé aux bougies papa ?

– Oui, ne t'inquiète pas, tout cela pourra s'organiser rapidement…

– Allah recommande d'enterrer nos morts sans attendre, se révolta Darya. Qu'est-il arrivé à la police de la République islamique pour qu'elle ne respecte même plus les prescriptions de la charia ?

– Torturer et violer les prisonniers politiques ne fait pas non plus partie des prescriptions de la charia, commenta Mona, avant d'ajouter : Au fait, tu n'es pas trop inquiet pour tes affaires Reza ?

– Oh moi, fit-il en haussant les épaules, je m'en sortirai toujours !

– Je n'en doute pas mon cher ami… Est-ce toi qui as vendu aux Télécoms iraniens ces sonneries agaçantes qui imitent la voix du *muezzin* ?

– Sache, camarade, répondit alors Reza en levant l'index, que j'ai envoyé à l'ensemble de mes partenaires libanais cette plaisanterie qui circulait sur Internet avant les élections : *Les bulletins où les électeurs auront écrit « singe », « ridicule » ou « fasciste » seront considérés comme des votes pour Ahmadinejad...*

Habituée à le voir aller là où le vent le poussait, Darya sourit d'un air blasé.

Le portable du producteur sonna. Celui-ci sortit de la pièce en s'excusant.

Mona se pencha vers Darya.

– Ton père a été interrogé par la police ?

– Oui, murmura-t-elle. Longuement...

– Il n'habite plus ici n'est-ce pas depuis le retour de ta mère ? Sais-tu où il était le soir du meurtre ?

– Seul, dans son pied-à-terre, en centre-ville, répondit-elle d'un ton sec avant de jeter un regard vers le couloir.

Quand Reza revint dans le salon, il affichait une mine victorieuse.

– C'était le directeur de la morgue. On récupère le corps demain en fin de matinée. L'enterrement peut être prévu pour après-demain.

– Je viendrai t'aider, glissa Mona en prenant la main de Darya.

Reza, pendant ce temps, éteignait son portable d'un air satisfait.

9

Un lit de rocailles

Mona se gara devant le paysage désolé du lit de la rivière.

À sec depuis six mois, le Zayandeh rud n'était plus qu'une large étendue de terre dont la vue suscita soudain sa colère : non contents de voiler les femmes, de leur interdire de chanter, voilà que les mollahs s'en prenaient au fleuve ! Ses rives étaient pourtant toujours aussi verdoyantes, et le soir tombant, les Ispahanais affluaient sur les ponts afin de parcourir leurs arcades illuminées.

Une famille traçait son chemin sur le lit asséché de la rivière, un tapis roulé sur l'épaule du père, afin de pique-niquer à même le sol. Trois jeunes manifestement désœuvrés échangeaient des cigarettes, et les silhouettes noires de femmes en tchador apparaissaient de temps en temps entre deux arches.

Mona suivit des yeux une voiture qui s'immobilisa au pied d'un cyprès. Un homme en descendit. Grand et svelte, David avait toujours l'allure d'un dandy avec sa barbe claire et son foulard en soie enserré dans le col de sa chemise.

– Salut mon ami, fit-elle en s'approchant.
– Mona… Ça doit faire un siècle…

– Dix ans au moins… dit-elle, hésitante, devinant qu'il savait qu'elle était revenue s'installer à Ispahan sans pour autant chercher à la revoir. Et elle ajouta aussitôt : Tu t'es reconverti dans le jazz paraît-il ? C'est Roxana qui m'a donné de tes nouvelles…

– J'étais à Berlin au moment de sa mort. Je n'y suis resté que quelques jours… précisa le musicien avant de détourner le regard. Je crois bien, dit-il, que je l'ai encore une fois laissée tomber…

Mona lui serra l'épaule d'un geste amical, et ils se mirent à longer la rive du fleuve.

– C'est moi qui ai eu l'idée d'organiser un concert, expliqua David. Au départ, c'était pour permettre à Roxana de remonter sur scène. Puis nous avons décidé ensemble de réunir des chanteuses de générations et de styles différents et je lui ai présenté Shadi…

– Shadi, dis-tu ? réagit Mona.

– Oui, c'est une musicienne « underground », tu vois ce que je veux dire. Une fille très talentueuse. C'est elle qui nous a fait rencontrer Nadia…

– Nadia Nassiri ? Tu la connaissais ?

– Oui, et on se voyait très souvent ces dernières semaines avec Roxana et Shadi. Mais après leur avoir trouvé des musiciens, un lieu pour répéter, j'ai dû me rendre à Berlin pour un concert…

– Et après ton départ, tu as eu des nouvelles ?

– Non, aucune. Et le théâtre où l'on se retrouvait a été démoli quelques heures avant la mort de Roxana. Est-ce que le régime a découvert notre projet ? Est-ce pour ça qu'elles ont été éliminées ? Je n'en sais rien Mona…

– Et l'autre chanteuse, Shadi, où est-elle ?

– À l'abri, à l'étranger, avec ses parents… Elle m'a envoyé un message pour me rassurer.

– Quand Nadia est venue me voir, elle cherchait une amie. Je me demande si ce n'était pas Shadi…

– Ce n'est pas impossible. Shadi est la fille d'un riche homme d'affaires persan qui habite à Dubaï. Elle vit seule dans une grande villa pas loin d'ici et comme beaucoup de jeunes désœuvrés de notre beau pays, elle a un problème avec la drogue. Elle a dû entendre parler de ton programme…

– Par Roxana sûrement… murmura Mona.

– Roxana, dit-il, parlait sans cesse de toi.

Ses yeux se voilèrent de nouveau de tristesse. Et il se tourna pour observer le champ de rocailles qu'était devenu le Zayandeh rud.

– Je dois te laisser mon ami, conclut Mona. Il me faut rencontrer la mère de Nadia Nassiri, qui est actuellement à Ispahan pour récupérer le corps de sa fille.

Dans une ruelle blanche où se succédaient des bâtiments d'un à deux étages, Mona traversa une enfilade de petits jardins et de roseraies, s'arrêtant devant une porte en bois. Une femme lui ouvrit, dont le visage aux yeux cernés rappelait celui de Nadia malgré son teint gris. La bicoque qu'occupait la jeune étudiante dans ce quartier populaire ne comportait que deux pièces, un salon et une cuisine. Sur le lit s'empilaient une dizaine de cartons. Mona retira ses chaussures et s'installa sur le kilim. La mère de Nadia prit place à côté d'un petit guéridon en osier. Dessus se trouvait une photo de sa fille, portant un voile noir et une robe verte aux manches longues, légèrement bouffantes sur les épaules, de la même teinte que les banderoles des manifestants des « marches vertes ».

– Merci d'avoir accepté de me rencontrer rapidement. J'espère, si Dieu le veut bien, repartir sans tarder pour Abyaneh afin d'organiser l'enterrement. Et comme la police m'a dit que Nadia s'était entretenue avec vous juste avant… Je veux dire, juste avant… avant d'être agressée.

Sa voix se brisa en prononçant ces mots et elle ne put aller plus loin.

Mona revit le corps dans le parking, contorsionné, les jambes tordues dans une position peu naturelle, et le tchador qui recouvrait ses mains tel un drap mortuaire. Et elle pensa à sa propre fille, prise d'une inquiétude soudaine. N'avait-elle pas eu la sensation qu'on était entré chez elles en leur absence ? Était-ce vraiment la femme de ménage qui avait laissé la radio allumée la veille ? Que faisait Leyli en ce moment ? Où était-elle ? À l'école bien sûr, en sécurité…

Elle se reprit.

– Je ne peux pas vous dire grand-chose, dit-elle. Nadia n'a pas voulu me confier les raisons de sa visite. Elle semblait chercher une de ses amies. Peut-être une musicienne avec qui elle préparait un concert… Vous avait-elle parlé de ce projet ?

La mère de Nadia, les yeux baissés, secoua la tête pour dire non.

– Cette amie aurait pu être intéressée par un programme de sevrage que j'ai mis en place. Savez-vous si Nadia, de son côté, consommait des stupéfiants ?

La femme lui lança un regard indigné.

– Mais non ! Ma fille était parfaitement saine.

Puis ses yeux s'éteignirent de nouveau.

– Avait-elle quelqu'un dans la vie ? Un fiancé ? insista Mona.

– Non, répondit la femme, sûre d'elle. Jusqu'aux manifestations de juin, Nadia ne s'intéressait qu'à la musique… Si seulement elle était restée avec nous…

Sa voix se brisa une nouvelle fois, et elle garda le silence avant de reprendre :

– Ses frères me reprochent de l'avoir laissée s'installer seule à Ispahan. Elle aurait très bien pu faire ses études à Meymeh, où travaille mon fils aîné. Elle aurait été sous sa surveillance et le cours du destin aurait été différent…

– Le destin a été injuste et imprévisible en mettant votre fille Nadia sur la route d'un fou meurtrier, répondit Mona tout en se disant intérieurement que le serial killer le plus dangereux qu'elle connaisse était le régime d'Ahmadinejad, acharné à les réprimer.

Mais si la police ou les milices bassidji voulaient faire un exemple avec les chanteuses, pourquoi déguiser cela en meurtre rituel ? En quoi représentaient-elles un danger ?

– Nadia faisait de la politique ? demanda-t-elle en désignant le portrait sur le guéridon en osier.

– Après les élections, Nadia a participé à toutes les manifestations à Ispahan. Elle ne s'était pourtant jamais intéressée à la politique. Jusque-là, ma fille n'avait qu'une chose en tête, sa musique et rien d'autre…

– Nadia chantait souvent ? Comment faisait-elle ?

– L'Orientation islamique lui a permis de jouer plusieurs fois de la guitare sur scène dans des représentations réservées aux femmes… L'un de ses concerts a même été enregistré, mais bien entendu elle n'y chantait pas.

La mère de Nadia prit appui sur sa main pour se lever.

– Je peux cependant si vous le souhaitez vous faire écouter un morceau qu'elle a enregistré en secret. Ma fille avait beaucoup de talent vous savez.

Le son du santour emplit la pièce de son timbre mélancolique. Ses cordes vibraient sous les baguettes du musicien, de plus en plus rapides. Celui-ci suspendit son jeu un instant, et la voix veloutée de la chanteuse résonna après le cliquetis des tambourins.

– Nadia avait une très belle voix. Je suis sûre que c'était une magnifique jeune femme…

Madame Nassiri revint avec un portrait dans un cadre. Sous l'éclairage hollywoodien choisi par le photographe, un bandeau noir, assorti à son voile, lui sanglait le front. La photo, précisa sa mère, avait été prise dans un studio par un professionnel, quelques mois avant sa mort, à l'âge de dix-neuf ans.

10

Opium et larmes d'Allah

Narek retrouva David chez lui, en train de préparer un café arménien dans un petit récipient de cuivre.

– Comment s'est passé ton rendez-vous ? demanda le musicien du bout des lèvres, sans même prendre la peine de se retourner.

Visiblement, il n'avait aucune envie d'entendre parler de la mort de Roxana.

On sonna à la porte et David ouvrit à un homme brun, trapu, vêtu d'un blouson en cuir.

– Narek, je te présente mon cousin Vladimir, qui a fui Moscou quand il était enfant pour venir s'installer ici avec son père. Dans une autre vie, Vladimir était un violoniste talentueux…

– Les Russes n'ont jamais beaucoup aimé les Caucasiens… Surtout ceux qui sous le régime communiste versaient dans le « crime économique ». Or, dans ma famille, on a toujours été attiré par les affaires… répondit Vladimir, ne s'attardant pas sur sa carrière de musicien.

Était-ce lui qui jouait sur les premiers disques de Roxana ? Tante Vart lui avait parlé d'un certain Vladimir Mourad, un arménien au prénom russe qui avait subitement abandonné la musique pour le trafic de vin.

Faisant comme chez lui, l'homme alluma une cigarette et prit un verre à pied accroché au-dessus du bar.

– Tu n'aurais pas un petit coup à boire mon cousin ? Sers-moi donc ce petit vin que je t'ai ramené d'Arménie, et proposes-en un peu à notre ami français, qui va croire qu'on ne sait pas vivre à Ispahan.

– Du vin ? Ou un doigt de vodka ?

– Si tu me prends par les sentiments… Nous, les hommes des pays de l'Est on a plus de vodka dans le sang que de globules rouges. Donc merci de m'en verser plus d'un doigt !

– Mais si tu le veux bien, je vais épargner la consommation de ton breuvage de contrebande à mon invité, commenta David en posant une bouteille de vin sur le comptoir en brique. Je te fais goûter ce petit cépage d'Erevan mon cher Narek ? Ne t'inquiète pas, la qualité des vins s'est beaucoup améliorée depuis quelques années en Iran. On a développé nos *relations* avec l'Arménie et la Turquie, en partie grâce à Vladimir…

– David me considère comme un mafieux, déclara celui-ci. Il trouvait que j'étais plus utile quand j'accompagnais ses arrangements musicaux… Il est vrai que je lui servais aussi d'ingénieur du son et d'homme à tout faire. Mais que serait la vie aujourd'hui en Iran sans le vin que j'importe à mes risques et périls ?

Et il se mit à réciter des vers d'Omar Khayam : *Bois, c'est là l'éternité, la récolte de la jeunesse. À la saison des roses, du vin, des amis ivres… Savoure l'instant, la vie n'est rien d'autre.*

– *Kenatz*, fit-il en trinquant avec son cousin avant de tendre son verre vers Narek.

– Notre ami est journaliste, expliqua David. Il s'intéresse aux élections…

– … Ainsi qu'au serial killer d'Ispahan, tu me l'as dit au téléphone. Et la vie nocturne d'Ispahan, ça t'intéresse Narek ? On pourrait aller faire un tour dehors…

– Il faut faire attention, intervint David. Avec les manifestations, les contrôles de police sont plus fréquents.

– Mais qu'est-ce que tu crois mon vieux ? Que je vais entraîner ton ami en boîte ? Allez, venez, on va boire un thé en centre-ville !

David se gara non loin de la rive du fleuve asséché, où, le soir tombant, le terrain vague s'était teinté d'une lumière ocre. Assis sur l'une des marches du pont Khadjou, sous une arche décorée de céramiques bicolores, un homme méditait devant l'étendue de sable et de pierres. Des passants déambulaient dans la partie supérieure, entre les arcades de brique claire.

Le pianiste faisait les cent pas en attendant son cousin, qui les rejoignit en moto. Ils s'installèrent ensuite à une table isolée dans l'un des cafés du pont. Vladimir tendit une pipe à eau à Narek.

– Tu es bien Vladimir Mourad, lui demanda-t-il, celui qui jouait sur les premiers disques de Roxana ?

– Il paraît…

Puis, sourcils froncés, Vladimir fixa une silhouette de femme qui se découpait dans l'entrée.

– Tiens, s'exclama-t-il, Shadi est là ?

Narek se leva, surpris de reconnaître celle qu'il avait défendue contre les Pasdaran quelques heures auparavant. David l'invita à leur table.

– Bonjour ma fille, dit-il, s'exprimant pour la première fois comme un Oriental. J'étais plus rassuré de te savoir à Dubaï…

– Salut, fit-elle en fixant Narek.

Ses pupilles étaient extrêmement dilatées. Coiffée de son *maghnaeh* de la couleur de l'opposition, elle portait sous sa tunique islamique un jean moulant et des bottines à talons aiguilles.

– Où étais-tu ? demanda Vladimir en s'approchant tout près de la jeune femme.

– J'étais à Dubaï, chez mes parents… Je suis revenue hier, mais je repars dès que je peux, le plus vite possible, loin de cette ville… (Puis son débit s'accéléra soudain, devenant plus saccadé.) Vous faites quoi après ? J'ai prévu une soirée chez moi. Vous faites quoi, hein, David ? Vous voulez venir chez moi ?

Tous l'observèrent, surpris.

Vladimir quitta brusquement la table et se lança dans une conversation animée en dissimulant avec ses mains son portable contre sa bouche.

– On étouffe ici ! fit-il en revenant. Allez, on va ailleurs !

– On vient à peine d'arriver, s'étonna Narek.

– Peu importe. C'est plus sûr qu'on s'en aille, répondit Vladimir sans plus d'explications. On va chez toi Shadi ?

– Je ne pense pas que ce soit une bonne idée, objecta David.

Mais il hésitait, considérant d'un air inquiet la jeune femme qui s'éloignait sans rien dire.

– On ne peut pas la laisser seule, intervint Narek.

– Dans l'état où elle est, acquiesça le musicien, il vaut mieux en effet que je la reconduise chez elle.

– Si tu te fais arrêter avec cette fille… prévint Vladimir.

– C'est mon problème, répondit David.

– C'est ton problème, absolument, mon cousin !

Mais Shadi avait déjà filé.

En repartant, Narek aperçut un camion des gardiens de la Révolution qui approchait.

À deux pas du quartier arménien de Djolfa, au milieu d'une rangée d'immeubles récents de six à huit étages, la villa de Shadi était un véritable palais ispahanais. Derrière une lourde porte en fer surmontée de caméras de surveillance, une cour au sol pavé de mosaïques était entourée de trois pièces ouvertes, chacune meublée d'un sofa. La plus grande, au centre, menait, après un portique en arcs brisés, à une salle haute. Son plafond en forme de dôme conservait par endroits des traces d'anciennes faïences bleutées. Mais ses murs étaient ornés de tableaux modernes et provocants où des femmes voilées sans visage portaient menottes, bas résille et porte-jarretelles.

– Je les ai ramenés de Dubaï. Mon oncle les a achetés à un galeriste anglais qui collectionne les Iraniens… déclara-t-elle d'un air faussement blasé.

– Et s'il y avait une descente ? s'inquiéta David.

Shadi haussa les épaules, puis leur désigna les cocktails alcoolisés sur la table avant de disparaître par un passage voûté à l'autre extrémité de la pièce.

– Servez-vous, je me change !

C'était donc une riche héritière qui s'adonnait à une vie festive loin de ses parents, et les caméras au-dessus du portail d'entrée étaient tout autant destinées à la protéger des incursions des gardiens de la Révolution que de celles des cambrioleurs. Mais comment était-il possible que des grands bourgeois d'Ispahan laissent leur fille seule et sans surveillance ? Et pourquoi n'avait-elle pas fait la moindre allusion à sa rencontre avec Narek devant le vieux théâtre ?

Quand elle revint dans le salon, Shadi portait un haut transparent rouge sur un débardeur à fines bretelles. Ses cheveux, lisses et noirs, lui balayaient les épaules tandis qu'elle se servait un verre en tournant ostensiblement le dos à Narek.

Un désintérêt trop appuyé pour être sincère. Cette jeune femme devait sûrement aimer les jeux de séduction complexes, se dit Narek.

– Tu vas rencontrer la jeunesse dorée d'Ispahan, lui glissa Vladimir, le tirant de ses rêveries.

Les invités affluèrent, des hommes arborant barbe, cheveux longs et chemises de marque. Ou encore des coiffures gominées avec des T-shirts moulants. Les femmes portaient des uniformes islamiques peu orthodoxes : tuniques cintrées aux manches évasées, serre-tête dorés sous des voiles en forme de coiffes. Certaines révélaient en les retirant des minijupes en cuir et des cuissardes. Tous s'étonnèrent devant les toiles, chuchotèrent quelques instants, avant de passer à autre chose.

Ignorant toujours Narek, Shadi s'installa près d'un garçon à la chemise blanche immaculée. Celui-ci lui tendit de minuscules capsules bleues.

– Tu dois te demander ce que c'est ? murmura Vladimir. Tu as déjà entendu parler des larmes d'Allah ?

– Les larmes d'Allah ?

– C'est une drogue de synthèse très répandue dans les milieux huppés. On y fume beaucoup d'opium à l'ancienne, associé à des remontants. Les larmes d'Allah, précisa-t-il, sont un excitant.

Vladimir ajouta ensuite avec un drôle de sourire :

– Tu voudrais essayer ? Si tu veux, tu m'en parles et je t'arrange ça…

Puis il éclata de rire et rejoignit Shadi sur le canapé.

Le cousin de David importait de l'alcool malgré la prohibition islamique, mais trempait-il dans le trafic de drogue, activité aussi répandue que réprimée en Iran ?

– Puis-je vous offrir, mademoiselle, un peu de vodka directement importée de Saint-Pétersbourg ? À moins que vous ne préfériez quelques larmes d'Allah ?

En réponse, Shadi darda un regard intense sur Vladimir. Et Narek, blessé, s'éloigna vers le passage par lequel elle avait disparu pour se changer.

Derrière, une cour intérieure était entourée de pièces fermées par de petites portes en bois. Une fontaine coulait en son centre, ornée de sculptures mi-lion mi-oiseau. La porte d'une des chambres était entrebâillée. Un homme y était installé près d'une table basse : dans une assiette en céramique, une boulette d'opium s'illuminait comme de la braise. Une femme aux cuissardes en cuir attendait debout dans la pénombre, une pipe transparente à la main.

Le rythme binaire de la musique techno provenait du salon, que Narek retrouva plongé dans l'obscurité, éclairé par intermittence par des spots violets. Les invités dansaient, les bras levés au-dessus de la tête.

Narek les observa un bon moment, puis revint vers la cour intérieure. La porte d'une autre chambre était entrouverte. Shadi s'y trouvait à présent en compagnie de Vladimir.

La jeune femme avait ôté le débardeur sous sa tunique transparente. Elle se tenait debout, légèrement déhanchée dans son jean moulant. Vladimir, assis sur un canapé rouge, toujours vêtu de son blouson en cuir, récita d'autres vers de Khayam : *À demain personne*

n'est promis. Garde en joie ce cœur plein de mélanco-
lie. Bois du vin au clair de lune, ô ma lune, car la lune,
bien souvent, brillera sans plus nous retrouver.

Puis il abandonna son verre à ses pieds et attira la
jeune femme sur le canapé. Il passa sa main sous la
tunique en mousseline et la posa sur ses seins nus.

Narek referma la porte et, le souffle court, s'éloigna
vers une pièce au plafond bas à l'autre extrémité de la
cour. Des alcôves y étaient aménagées derrière des
rideaux de velours, mais il ne s'y attarda pas et découvrit une salle haute, identique à celle où dansaient les
invités, encombrée de toiles et de chevalets. À son tour,
celle-ci donnait sur une pièce avec un sofa ouvrant
sur une arrière-cour pavée de mosaïque. Beaucoup
de demeures ispahanaises étaient scindées en deux,
de part et d'autre d'une cour intérieure, la partie nord
traditionnellement utilisée durant l'été, et la partie sud
l'hiver. Mais rares étaient celles qui, comme la maison
de Shadi, étaient d'une symétrie parfaite.

Les pulsations étouffées de la techno lui parvenaient
toujours ; la pièce, où régnait une odeur de peinture,
semblait dotée d'un cœur. La plupart des toiles représentaient des visages de femmes inscrits dans des
compositions abstraites. Elles étaient parfois voilées,
toujours à moitié effacées par des matériaux sombres à
la Tapiès.

Un ordinateur était connecté dans un coin à une
table de mixage. Des instruments étaient adossés à
celle-ci : des *tars* iraniens décorés de motifs dessinés
à l'encre et des guitares électriques zébrées de rouge et
de noir.

Shadi était donc musicienne, se dit-il, réalisant confusément qu'il ne l'avait peut-être pas croisée par hasard. Mais il n'approfondit pas cette pensée, poursuivi par la scène surprise dans la chambre et le souvenir de ses seins, provocants, qui pointaient vers Vladimir à travers le tissu transparent.

David surgit par la cour extérieure.

– Narek ? Tu as découvert l'atelier secret de Shadi ? Nous répétions ici parfois avant de trouver le vieux théâtre…

– Vous répétiez ?

– Oui, avec Nadia, Roxana et Shadi… On avait un projet ensemble.

– Tu connaissais Nadia Nassiri ? Pourquoi ne m'as-tu rien dit ?

Mais David, soudain en alerte, lui fit signe de se taire : dehors, on entendait le vrombissement d'un moteur.

Le pianiste se précipita dans l'arrière-cour, Narek le suivit vers le portail qui se refermait avec lenteur. Une Range Rover s'éloignait dans la rue.

11

Mère et fille

Mona observa par la fenêtre la Range Rover de Reza garée sur la pelouse, se demandant pourquoi cet homme étrange qu'avait épousé son amie Roxana se déplaçait depuis des années dans la voiture préférée des gardiens de la Révolution.

Elle coupa le céleri en fines lamelles et les posa sur les filets de poisson qui rissolaient avec les tranches de citron confits. Elle souleva le couvercle du riz dont le parfum emplit la cuisine. L'eau s'était évaporée. Mona ajouta l'huile et le safran afin de dorer à petit feu le pain qui tapissait la casserole. D'ici une demi-heure, elle obtiendrait en le démoulant un *tadig* croustillant.

– Vous préparez le *khoresht-e karafs* avec du poisson ? C'est du poulet normalement ! lui fit remarquer la femme de ménage.

Depuis un quart d'heure, la petite femme rondelette la regardait faire d'un air courroucé.

– Je sais, j'en ai fait une adaptation personnelle. Ma fille en raffole. Et vous-même, ma mère, vous avez des enfants, des petits-enfants ?

La question réussit à la dérider enfin.

– Deux filles, trois garçons et six petits-enfants !

– Cinq enfants ? Et vous avez travaillé tout ce temps ?

– Non, je suis entrée au service des Forsati il y a environ quatre ans.

– Vous ne connaissiez donc pas Roxana avant de la rencontrer il y a trois mois ? lui glissa Mona.

– Non, et j'avoue qu'au début j'étais méfiante : une femme qui a abandonné son enfant pour aller enregistrer des disques aux États-Unis ! Mais j'ai été très agréablement surprise. C'était une grand-mère extraordinaire. Elle avait offert à Omid tous ces objets magnifiques venus d'Amérique. Il l'adorait ! (La femme de ménage secoua la tête d'un air affligé.) Quand je pense à ce qui est arrivé… Le meurtrier est sûrement encore un Afghan !

Mona ne put s'empêcher de rire. Les serial killers iraniens avaient été toujours soupçonnés, à tort, d'être des immigrés d'Afghanistan. Puis elle chercha à ramener la conversation sur Reza.

– Omid et Darya sont très affectés par ce qui s'est passé. Heureusement, monsieur Reza Forsati semble avoir le moral plus solide…

– Ah bon ? Vous trouvez ? Écoutez, dit-elle en haussant la voix, en rangeant sa chambre ce matin…

Mais elle ne put en dire davantage, car Darya claqua derrière elle la porte de la cuisine. Vêtue de son tchador noir, elle se dirigea en silence vers le plan de travail à côté de Mona, pour émincer des légumes.

– Le *karafs* avec du poisson… On aura tout vu ! lança la femme de ménage d'un air digne, avant de quitter la pièce, comme si elle était de trop.

Mona s'excusa pour le désordre et commença à laver les assiettes, les rinçant deux par deux avec ses grandes mains.

Darya demeurait silencieuse et distante. Une attitude que Mona cherchait à s'expliquer. Était-elle dictée par le chagrin ou bien l'avait-elle entendu cuisiner la femme de ménage sur son père ?

– Tu te souviens, soupira soudain Darya, du surnom que me donnait ma mère ?

« Ma fille ressemble à une chauve-souris avec ce tchador ! plaisantait Roxana. C'est pourtant une belle femme, je t'assure. Elle a mes yeux et mon corps de nymphe…

– Ton corps de nymphe ? Tu oublies qu'on va bientôt avoir cinquante ans.

– Pourquoi "on" ? Je n'ai jamais parlé de ton corps de nymphe, Mona Shirazi, mais du mien et de celui de ma fille, caché sous ce machin ! »

Et c'est vrai que Darya avait les traits fins et quelque chose de félin qui rappelait sa mère.

– Laisse-moi te dire quelque chose Mona, s'exclama Darya. En réalité, c'était elle la chauve-souris !

Et elle s'acharna soudain sur la planche à découper.

– Quand je lui ai annoncé au téléphone que j'étais enceinte, elle n'a plus donné signe de vie durant des mois, reprit Darya d'une voix altérée. Mais après avoir fait comme si Omid n'existait pas pendant des années, voilà qu'elle s'était mis en tête de le ramener avec elle aux États-Unis ! Elle s'énervait dès qu'on s'opposait à son caprice. Elle râlait en faisant les cent pas dans la maison, son long châle gris damassé de velours sur les épaules. Tu te souviens Mona ? Ce long voile en dentelle aux reflets émeraude, c'est celui qu'elle portait le soir où elle a été tuée…

Oui, Mona se souvenait des rondes qu'exécutait Roxana autour de son petit-fils : « Dis bonjour, embrasse-moi, ne m'appelle pas grand-mère, appelle-moi Roxana. Je suis trop jeune pour être ta grand-mère. On ira à Disneyland et je t'emmènerai voir le meilleur dermatologue de Los Angeles… Mais pourquoi portes-tu ce déguisement Darya ? Tu ressembles à une chauve-souris ma fille. »

Mona remarqua alors les larmes qui coulaient sur les joues de la jeune femme. Elle s'approcha, mais Darya l'écarta d'un geste.

– Je t'ai entendue, Mona, en train d'interroger la femme de ménage sur mon père. Sache que, pour ma part, je suis persuadée qu'il n'aurait jamais pu faire le moindre mal à ma mère…

Et elle s'interrompit aussitôt, frappée par ce qu'elle venait de dire.

Mohammad Dori poussa la porte de la cuisine à ce moment-là, posant sa valise avant de saluer Mona.

– Bonjour docteur Shirazi, désolé de ne pas avoir été présent pour vous accueillir, mais j'étais coincé sur un chantier dans le sud du pays. Darya, ma chérie, nous devons être à la morgue avant 11 heures. Il ne faut pas qu'on tarde… Tout va bien pour toi, mon épouse ?

– Oui, ce sont les oignons qui me font pleurer. Je t'apporte tout de même un thé avant de partir, tu as sûrement soif.

Il prit place, attendant d'être servi. Vêtu d'une chemise à col mao selon l'orthodoxie islamique, il portait un bouc d'un noir peu naturel et avait les yeux clairs tirant sur le vert. Mona formula tout bas les condoléances d'usage, les renouvelant après ses remerciements. Puis, devant son air embarrassé, elle changea de sujet, se souvenant que l'entreprise où il travaillait comme ingénieur appartenait depuis peu aux gardiens de la Révolution.

– Que pensez-vous, Mohammad, du général Ghomi ? J'ai entendu dire qu'il avait détourné le cours du Zayandeh rud au profit d'ayatollahs haut placés…

Une rumeur avait remplacé celle du fleuve, Mona le savait, elle évoquait le Pasdar qui avait couvert la fraude à Ispahan. Les terres de ses principaux soutiens politiques étaient aussi fertiles que celles du Mazandaran… Leurs propriétés, disait-on, ne cessaient de s'étendre alors que la cité aux mille jardins manquait désespérément d'eau. Tout le monde, depuis des mois, ne parlait que de cela, et les sinistres exploits de ce général corrompu semblaient même éclipser ceux de son ami Ahmadinejad.

– Il aurait des parts, dit-elle, dans la société de gestion du barrage…

Mohammad secoua la tête en reposant son verre à thé.

– La construction du barrage ne date pas d'hier. Le débit du fleuve est réduit depuis des années afin d'approvisionner les régions qui manquent d'eau… Mais vous devriez en parler à mon beau-père. Il est au courant de beaucoup de choses par ses relations…

Darya abrégea la conversation :

– On y va, Mohammad ? La police nous attend… Nous serons de retour d'ici une heure ou deux, précisa-t-elle ensuite à Mona. Mon père est dans les parages si tu veux lui poser des questions. Il ne devrait pas tarder.

12

La troisième chanteuse

Narek n'avait pas revu Shadi depuis la fête. Partagé
entre l'impatience de la revoir et la crainte de la trouver avec Vladimir, il parcourut le lendemain matin les
rues tranquilles du quartier arménien de Djolfa jusqu'à une heure décente. Il quitta alors les rues embou-
teillées pour aller sonner à la porte de Shadi, espérant
qu'elle serait seule. L'interphone grésilla.

– Oui ? fit-elle.

La porte se déverrouilla à distance, et elle vint à sa
rencontre. Vêtue d'un jogging et d'un débardeur blanc,
elle avait couvert ses cheveux d'un foulard en mousseline qu'elle fit glisser par terre dans le salon. Tout en
lui proposant un thé, elle esquissa un mince sourire,
comme pour s'excuser. De quoi ? songea Narek. Après
tout, ils se connaissaient à peine.

– Je peux t'aider ? demanda-t-il.

Un seau et un balai traînaient dans un coin, mais le
désordre de la fête régnait toujours dans la pièce.

– Ce n'est pas la peine, la femme de ménage ne
va pas tarder, dit-elle en lançant un bref regard vers
l'entrée. On va boire un pot en centre-ville ?

Puis elle se dirigea vers la cour intérieure.

Narek hésita.

– Tu viens ? dit-elle en ébauchant un geste vers lui.

Il se crispa imperceptiblement en passant devant la chambre où il l'avait surprise avec Vladimir. Shadi enfila un pull dans son atelier, tandis que Narek s'approchait d'un tableau sur un chevalet, une composition abstraite où se devinaient les traits d'un personnage féminin.

– C'est de toi ? demanda-t-il.

Elle hésita, jeta un coup d'œil à sa montre, avant de s'approcher tout près, trop près, songea-t-il, troublé.

– Merci pour hier, dit-elle d'un ton las.

C'était la première allusion à leur rencontre devant le théâtre. Mais il perçut une pointe d'ironie dans sa phrase.

– Je ne prenais pas beaucoup de risques, dit-il, en tant que ressortissant étranger…

Elle l'interrompit en faisant un brusque pas en arrière :

– Je te laisse admirer mes toiles, il faut encore que je m'habille, la femme de ménage va arriver…

Surpris, Narek la regarda s'éloigner et s'interrogea de nouveau sur l'identité de cette femme, avec ces creux dans la voix et ce ton sarcastique qui laissait aussitôt place à la lassitude… Il avait appris la veille qu'elle était la troisième chanteuse d'un concert dont les deux autres avaient été assassinées. Et rien dans son attitude changeante ne collait à l'image insouciante des jeunes héritières ispahanaises.

Elle revint, vêtue d'un manteau en cuir cintré en guise d'uniforme islamique, les yeux surlignés d'un trait noir. Et tandis qu'elle se pressait vers la porte de derrière, il évoqua le concert :

– David m'a parlé de votre projet, celui que vous aviez avec Roxana et Nadia… Tu n'as pas peur ?

– Peur ? Peur de quoi ? D'aller en Enfer pour expier mes péchés ? (Et elle eut un petit rire amer avant de rajuster son foulard devant le portail qui s'ouvrait.) C'est ce que me prédisait Nadia…

Puis elle garda le silence dans la rue jusqu'à ce qu'ils montent dans sa voiture.

– Tu la connaissais bien ? demanda-t-il.

Shadi éluda la question :

– Veux-tu que je te fasse écouter sa musique ? proposa-t-elle avant de démarrer au son d'un morceau de guitare traditionnelle iranienne.

Narek guetta la voix, un long moment, mais rien ne vint, uniquement les accords du *tar*.

– C'est Nadia qui joue, précisa Shadi, un morceau qu'elle a composé. C'est beau tu ne trouves pas ?

Narek s'empara de la pochette, la retourna et lut le nom des interprètes. Uniquement des femmes.

– Et toi, demanda-t-il, tu fais quel genre de musique ?

– Je te ferai écouter plus tard, dit-elle en se garant au bord de la rivière asséchée.

Puis elle se tut de nouveau quelques instants, avant d'ajouter alors qu'ils étaient toujours côte à côte dans la voiture :

– J'aime bien tes bagues.

Et son regard s'attarda sur ses mains avant de le fixer droit dans les yeux.

Dans les jardins fleuris longeant le fleuve à sec, ils furent tous deux frappés de mutisme, se regardant en chiens de faïence, jusqu'à ce que Narek, au pied d'un cyprès, prenne le bras de la jeune femme. C'était imprudent : on était au pays de la ségrégation sexuelle, celui où les couples montaient séparément dans les bus, où les gardiens de la Révolution pouvaient à tout instant vous arrêter pour avoir marché main dans la main dans la rue. Sans compter que séduire une musulmane quand on était chrétien pouvait être passible de lourdes peines.

Aussi, elle se rétracta immédiatement et traça son chemin sans l'attendre. Narek la suivit en prenant garde de se tenir à distance. Elle s'engagea sur le pont Khadjou dont les arcades abritaient des cafés aux tentures rouges. Ils prirent place dans l'un des *tchaïkhaneh*, une des maisons de thé les plus reculées de la galerie, et Shadi lui tendit une pipe à eau. Narek l'accepta avec un sourire avant de l'interroger de nouveau sur son amie.

– Nadia ? On s'est rencontrées dans une manif ! Je suis tombée quand les policiers ont commencé à charger. Elle m'a relevée, avant de m'aider à me mettre à l'abri…

Elle sortit son téléphone de sa poche et pianota machinalement sur le clavier. C'était un jetable, remarqua Narek, semblable à celui qu'il avait acheté en arrivant en Iran.

Tout autour, les clients fumaient le narguilé en parlant à voix basse. Les murs étaient décorés de miniatures délicates représentant des personnages qui buvaient du vin en jouant de la musique, et les motifs bleu et ocre des banquettes rappelaient la forme d'une guitare.

– Je ne sais plus où j'en étais… reprit-elle. Ah oui, tout le monde courait, paniqué. On s'est réfugiées chez elle, dans une petite bicoque d'étudiant que lui louait sa mère. C'est là que j'ai découvert qu'elle chantait elle aussi… Ou du moins qu'elle essayait.

Son regard s'assombrit.

Elle souffla dans le narguilé et la fumée forma un voile de brume devant son visage.

– Il paraît, ajouta-t-elle, que nos voix mettent l'islam en danger.

Narek posa sa main sur son bras. Cette fois-ci, elle ne recula pas.

– On bouge ? demanda-t-elle.

– Pour aller où ?

– Où veux-tu aller ? À une fête bien sûr !

– À cette heure-ci ?

– En Iran, plus on est déprimés, plus la fête commence tôt ! Celle-ci va durer vingt-quatre heures, jusqu'à demain matin…

Mais alors qu'ils quittaient le café, elle s'arrêta à une table, dévisageant une jeune fille vêtue d'un long tchador.

– Haydeh ? C'est toi ?

La jeune fille, gênée, détourna le regard. Elle était avec un homme à la calvitie naissante qui se mit à toiser Shadi d'un air mécontent.

– Enfin, Haydeh, tu ne me reconnais pas ? C'est moi, Shadi, la sœur de Gita… Qu'est-ce que tu fais là ? Tu n'es pas en cours ?

– Mais vous voyez bien mademoiselle, s'exclama l'homme, qu'elle ne souhaite pas vous parler. Laissez ma femme tranquille !

La jeune fille dissimula son visage derrière le tissu noir.

– C'est ton mari, vraiment ? murmura alors Shadi en se penchant vers la fille. Tu l'as épousé quand ? Pour combien de temps ? Un mois, deux semaines ou quelques heures ?

L'homme se leva et agrippa Shadi. Narek s'interposa.

– C'est bon, c'est bon, j'ai compris ! répondit Shadi
en se défaisant de la poigne qui l'enserrait. De toute
façon, c'est ainsi que finissent la plupart des filles de
mon quartier…

Puis elle releva sa manche pour masser son bras
endolori. Le bleu que Narek remarqua alors sur sa peau
était déjà ancien, légèrement teinté de jaune, et provenait sans doute de la piqûre d'une seringue.

Non loin de l'université d'Ispahan, Shadi arrêta sa
voiture devant un immeuble en béton qui semblait
dater des années 70. Les invités s'étaient garés à
bonne distance afin de ne pas attirer l'attention. La rue
était calme et personne n'aurait deviné qu'une fête se
préparait en plein jour dans le centre-ville. Ils s'enga-
gèrent dans la cage d'escalier, dont ils montèrent les
marches silencieusement.

– Je te laisse ! lança-t-elle en arrivant.

Narek n'avait fait aucun commentaire après la scène
du *tchaïkhaneh*, mais il avait parfaitement compris
l'allusion. Un mariage de quelques heures : la tradition
chiite permettait ainsi de contractualiser les rapports
sexuels dans le cadre de relations courtes. Mais ce type
de contrat servait de plus en plus, dans le contexte
actuel, à couvrir d'un voile islamiquement correct des
pratiques de prostitution…

Il erra en silence devant le buffet alors que la maîtresse de maison accueillait ses amis. Elle avait aligné
les chaises contre les murs du salon, à l'iranienne,
comme si le tapis couvert de motifs entrelacés attendait de se transformer en piste de danse. Rapidement,

il y eut foule, mais personne, malgré les tubes du chanteur turc Tarkan, ne dansait encore. Tous parlaient, un verre à la main. Un homme évoquait le tueur aux tulipes :

– C'est forcément un Afghan. Pourquoi ne les a-t-on pas tous expulsés ?

Narek reconnut soudain Vladimir parmi les invités. Vêtu de son blouson noir, il se tenait debout, au centre de la pièce. Depuis quand était-il là ? On aurait dit qu'il avait surgi de nulle part. Il fit un signe de bienvenue au Français en levant son verre. Puis il se tourna vers une femme rousse à ses côtés.

Celle-ci, anormalement grande, avait une longue masse de cheveux bouclés.

– Je ne sais pas comment les Afghans se comportent dans leur pays, poursuivit l'homme à côté du buffet, mais chez nous, ils volent, ils trafiquent… et en plus, ils tuent nos femmes !

– C'est pratique, non ? commenta Shadi en revenant auprès de lui. Tout est de la faute des Afghans : l'insécurité, le trafic et maintenant les meurtres !

Comme d'habitude, elle semblait retenir sa colère. Était-ce précisément cela qui lui plaisait chez elle ? Cette tension permanente qui semblait les lier, depuis le moment où ils avaient bravé ensemble les gardiens de la Révolution.

De nouveau, Narek eut envie de la serrer contre lui. Elle sembla le sentir, se laissa aller imperceptiblement, mais la femme immense qui parlait à Vladimir s'approcha et lui pinça la taille.

Shadi réagit en se pendant à son cou.

– Kati, ma chérie, comment vas-tu ? Narek, je te présente mon amie Kamran, que tout le monde appelle Kati désormais…

– C'est le diminutif de Katayoun, expliqua la femme avec un clin d'œil.

Elle portait une robe à carreaux dans les tons rouges, ses jambes étaient galbées comme celles d'un coureur cycliste, sa bouche était manifestement siliconée, et son nez avait été refait dans un format peu naturel. En l'apercevant de dos aux côtés de Vladimir, Narek avait remarqué sa taille inhabituelle, mais n'avait pas compris que c'était une transsexuelle.

Le journaliste en avait croisé d'autres au cours de ses pérégrinations dans ces concerts qui se déroulaient *zirzamin*, en sous-sol, à Téhéran. Repérés comme homosexuels par le régime, certains avaient été poussés à se faire opérer car la transsexualité était considérée plus conforme à la charia. Beaucoup lui avaient paru marqués et mal dans leur peau. Kati semblait de son côté singulièrement sûre d'elle, bien qu'une certaine inquiétude se lût dans son regard tandis que Shadi prenait de ses nouvelles.

– Pourquoi n'es-tu pas venue à ma fête hier ? Tu n'as pas eu mon texto ?

– Mais tu changes tout le temps de numéro ma belle. Tu as encore perdu ton portable ? Comment veux-tu que je reconnaisse tes appels ? D'autant qu'à vrai dire je ne m'attendais pas à ce que tu organises une fête…

– Je préférais ne pas rester seule hier soir… expliqua Shadi.

Et son regard se déroba.

– Je te comprends très bien tu sais, répondit Kati. D'ailleurs, Saïd ne me quitte plus depuis trois jours.

Puis son visage parut soudain vieillir de dix ans, et elle ajouta tout bas d'une voix à peine distincte :

– Tu sais qu'elle a essayé de m'appeler ce soir-là ? Elle qui n'osait même pas m'approcher… Si j'avais décroché…

– Ça n'aurait rien changé, crois-moi.

– Et toi, Shadi, qui veille sur toi ? C'est ce jeune homme ? fit Kati en désignant Narek. Ton Violoncelliste te laisse sortir sans problème ?

De qui parlait-elle ? De Vladimir ? N'était-il pas plutôt violoniste ? Narek le chercha des yeux, mais celui-ci avait disparu.

Shadi murmura brièvement une réponse à son amie. Kati fit un clin d'œil à Narek, avant d'attirer la jeune fille sur la piste de danse. Elles se mirent à onduler sur une lente musique orientale, les bras levés au-dessus de la tête, tandis que la maîtresse de maison tamisait les lumières. Rapidement, alors que le raï cédait la place à la techno, Narek les perdit de vue. Il joua des coudes et aperçut enfin Shadi, qui oscillait les yeux fermés. Vladimir fumait non loin, immobile, ne la quittant pas des yeux. Autour d'eux, la foule dansait, compacte, au rythme de la techno.

Vladimir s'approcha d'elle et passa sa main sous le T-shirt de la jeune femme, dénudant son ventre, avant qu'ils ne disparaissent dans un couloir.

Après avoir fait les cent pas dans le corridor, Narek s'arrêta devant la porte entrouverte d'une chambre à coucher, se demandant si Vladimir s'y trouvait avec Shadi. Mais la pièce, aux volets clos, était inoccupée. Des manteaux et des imperméables étaient entassés sur le lit.

Narek rebroussa chemin vers la cuisine. Shadi était penchée à la fenêtre. Elle murmurait, son portable à la main :

– Tout va bien, je suis protégée. Ne t'inquiète pas pour moi.

Elle sembla sentir sa présence et se retourna.

– Je te laisse, je suis avec ton ami français…

Et elle précisa après avoir raccroché :

– C'était David…

– Tu étais avec Vladimir ? demanda Narek d'un ton qu'il voulut neutre.

Le reproche devait sourdre dans sa voix, car elle détourna le regard.

– Il voulait m'offrir quelque chose… Il est reparti… Il avait à faire… David s'inquiète, ajouta-t-elle. Il est persuadé que le tueur aux tulipes va s'en prendre à moi.

– Mais tu es protégée n'est-ce pas ? suggéra-t-il. Qui te protège dis-moi ? Est-ce Vladimir ?

– Entre autres, répondit-elle, avant de le défier de ses yeux aux pupilles dilatées.

– Qu'est-ce que tu as pris ? C'est ça le « cadeau » de Vladimir ?

– Je n'ai rien pris de bien méchant, un peu d'ecstasy. Tu en veux ? Il m'en reste ! Non ? Tu es sûr ? On a de l'ecsta de qualité en Iran…

– Ça va, je connais, c'est le même qu'en France.

– Ça décuple le plaisir, tu sais…

– Ou ça l'altère…

Alors, elle sourit, avant d'esquisser le geste de lui tendre la main. Il la prit, l'attirant pour l'embrasser, se demandant si elle se laisserait faire. Il sentit la nervosité de son corps mince, son impatience à se rapprocher de lui, avant de l'entraîner vers la chambre aux volets fermés. Elle verrouilla la porte derrière eux et ôta son pull et son débardeur.

Seins nus, elle se coula contre lui, se mettant soudain à genoux, avant qu'il ne la relève, la couchant sur le lit pour lui ôter son jean. Elle sembla lui offrir sa bouche, mais n'en fit rien, et roula sur elle-même afin de s'étirer sur les draps. Il remarqua qu'elle avait un piercing dans le nombril, une perle blanche, brillante. Il s'allongea près d'elle et embrassa le coin de sa bouche, puis son cou, sa poitrine, son ventre, jusqu'à l'intérieur de ses cuisses où il reconnut d'autres bleus causés par des shoots d'opium ou d'héroïne. Ils restèrent ainsi à moitié dévêtus, se caressant sans fin, jusqu'à ce que quelqu'un vienne toquer à la porte.

– Vous partez déjà ? s'exclama la transsexuelle. Mais tu ne m'as même pas présenté ton ami...

En réponse, Shadi l'embrassa sur les deux joues avant d'entraîner Narek vers la sortie.

Dans sa voiture, garée le long d'une rue déserte, il lui prit la main, mais elle s'écarta, lui rappelant avec une lueur dans le regard qu'ils étaient en plein après-midi : n'importe qui pouvait les surprendre. Il ferma les yeux, essayant de se calmer. Elle mit la clé dans le contact, et les accords du tar résonnèrent aussitôt.

De nouveau, Narek s'empara de la pochette et parcourut la liste des noms, avant de s'arrêter sur celui du diffuseur : Forsati. Il ouvrit machinalement la boîte à gants et trouva d'autres CD d'orchestres exclusivement masculins, tous produits par Reza Forsati.

La voiture roulait désormais près des berges du Zayandeh rud.

– Tout le monde se demande où est passé le fleuve... déclara Shadi d'un air pensif. Ce n'est pourtant pas difficile de le découvrir : il suffit de suivre son cours pour savoir qui l'a volé...

Elle se gara devant sa villa et lui demanda de rester dehors. Il attendit ainsi quelques minutes, arpentant la rue. Quand son portable vibra, il décrocha aussitôt sans réfléchir, pensant que c'était elle. Mais la voix de Maleki, surprise, se réjouit de l'entendre :

– Monsieur Djamshid, je commençais à croire que vous m'évitiez... Pouvons-nous faire un point rapidement sur l'avancée de l'enquête ?

– Je ne peux rien vous dire de neuf. Ce n'est pas le moment...

Et il raccrocha. Il revint impatiemment vers la porte.

Alors qu'il s'apprêtait à sonner, Shadi poussa la porte, se serra contre lui et l'embrassa avec douceur sur les lèvres. Il sentit la tiédeur de son corps et voulut la suivre à l'intérieur. Mais elle l'arrêta d'un geste et exigea qu'il s'en aille.

13

Un homme insaisissable

Après avoir rangé le plat dans le réfrigérateur, Mona referma la porte de la cuisine. La fontaine ne coulait pas ce jour-là au pied de l'escalier central. Omid était à l'école et tout était silencieux depuis le départ de Darya et de son mari. La voiture de Reza n'était plus garée devant la maison.

Dans le salon, son regard s'attarda sur les meubles que Roxana avait exhumés de la cave. En dépit des protestations de sa fille, la chanteuse avait même voulu exposer sur la commode une assiette kitch à l'effigie du Shah, couronné de diamants. En apercevant la chose, Mona n'avait pu se retenir de rire. Aujourd'hui, elle cherchait en vain ce bibelot datant d'un autre temps. Elle ouvrit un tiroir, mais il ne s'y trouvait pas. Le téléphone sonna dans le hall. Le répondeur se déclencha et Mona reconnut la voix de Darya qui demandait à son père de décrocher.

Tandis qu'elle montait l'escalier, un pressentiment l'envahit de nouveau, comme un air lointain la poursuivant. Elle voulut ouvrir la chambre d'amis qu'occupait Roxana, mais la trouva fermée à clé. Après une hésitation, elle monta à l'étage supérieur, pour se diriger vers la chambre de Reza. Elle tourna la poignée de sa porte, qui céda.

À pas de loup, elle s'approcha du placard au fond duquel elle trouva sur un cintre une robe longue au tissu chatoyant. Mona reconnut l'une des tenues préférées de Roxana, avant d'en découvrir d'autres cachées derrière les chemises de Reza. Dans un tiroir, il y avait également une photo de leur mariage dans un cadre doré. À l'arrière-plan, les femmes de la famille Forsati semblaient surveiller la mariée…

Mona Shirazi avait une amie d'enfance qui avait épousé un homme insaisissable.

Celui-ci venait d'une grande famille du bazar d'Ispahan qui n'avait eu de cesse de critiquer Roxana. Leur fils Reza était un riche héritier, promis à un brillant avenir… et voilà qu'il prenait pour femme la fille d'une marionnettiste ! Non contente de l'obliger à produire ses chansons impies, elle l'avait pris dans ses filets.

Mais leurs médisances n'avaient alors aucun effet sur le jeune couple, pris dans une intense vie mondaine. Lui, offrait à sa femme des tenues de soirée confectionnées à Paris et l'accompagnait chez les meilleurs coiffeurs de la ville. Elle, lui présentait des musiciens talentueux, juifs et chrétiens pour la plupart, qu'il n'avait jamais côtoyés dans l'univers clos du bazar.

Rapidement, ils eurent une fille, Darya, que Roxana confiait souvent à l'une ou l'autre de ses belles-sœurs. La chanteuse, faisaient alors remarquer les femmes de la famille Forsati, était incapable de s'occuper de sa maison, elle préférait traîner avec des infidèles, au vu et au su de tout Ispahan. Aussi, le jour où Roxana avait quitté l'Iran, avaient-elles poussé Reza au divorce. La chanteuse n'était-elle pas partie de son propre chef, abandonnant sa fille sans un regret ? On allait définitivement lui retirer la garde de Darya. Et si par malheur elle décidait de revenir, il fallait lui ôter toute possibilité de visite. La fille de la marionnettiste n'avait qu'à bien se tenir !

Quelques semaines après sa fuite, Roxana s'était rendue à Istanbul, proposant à son ancien mari de la rejoindre avec leur fille. Reza avait refusé. Roxana, disait-il, n'avait qu'à rentrer en Iran si elle tenait tant à revoir son enfant. Or, la chanteuse savait très bien qu'elle ne pourrait ensuite jamais repartir.

Avait-il vraiment détourné les droits de ses disques après la révolution ? Roxana avait balayé l'hypothèse d'un revers de main : « Ce n'est pas mon argent qui l'intéresse. C'est autre chose… Que veux-tu que je te dise ? » avait-elle suggéré avant de lui raconter qu'elle l'avait surpris à piétiner devant sa chambre, afin, sûrement, de lui présenter des excuses. Vraiment ? Mais était-ce bien son genre ?

Mona revit le visage de Reza, et ses expressions changeantes. Dans sa jeunesse, il était d'une susceptibilité maladive et pouvait se montrer buté, opposant un masque impénétrable à ceux qui tentaient de le raisonner. Avait-il réellement changé ?

Mona repensa alors à tous les assassins qu'elle avait croisés sur son chemin durant la longue terreur qui avait suivi la révolution.

Dans la prison centrale d'Ispahan, où elle avait été retenue durant des mois, un homme dont elle n'avait jamais su le nom aimait à se dire l'ennemi de la joie :

« Tu crois pouvoir tenir ? demandait-il aux femmes qu'il interrogeait. Qu'est-ce qui t'aide encore le soir à t'endormir malgré la douleur et les cris de tes camarades ? La poésie, le souvenir de tes amis, de ta famille, d'un amour secret que tu as peut-être connu avant ce cauchemar ? Sache que plus rien ne pourra t'apporter de joie après ce que tu vas vivre dans cette pièce. »

Reza était-il un ennemi de la joie ?

– Laisse cette photo ! Que fais-tu là ?

Mona sursauta. Reza l'observait, debout dans l'encadrement de la porte.

Elle reposa le cadre et remarqua un CD dans le tiroir. Elle le prit et lut le nom des interprètes.

Parmi les musiciens, on signalait Nadia Nassiri qui jouait du tar. Le disque avait été produit par la maison de disques de Reza.

– Ne touche à rien ! Ce disque ne t'appartient pas. Que fais-tu là ? répéta Reza avant de s'approcher avec lenteur.

Ses yeux étaient cernés comme s'il n'avait pas dormi de la nuit, et son visage semblait recouvert d'une poudre grise, lui donnant quelque peu l'aspect d'une marionnette.

Mona s'avança vers la porte, mais il fit un pas de côté, comme pour lui barrer le chemin. Sans se démonter, elle lui montra le CD.

– C'est toi qui l'as produit ? Nadia Nassiri joue de la guitare sur ce disque…

– Nadia Nassiri ? répondit-il d'un air absent. Pourquoi me parles-tu de Nadia Nassiri ?

Et Mona repensa à la chanson qui l'avait accueillie chez elle le lendemain du meurtre de Nadia. Quelqu'un avait pénétré dans son appartement, quelqu'un qui connaissait son adresse et qui, pour l'avertir de son intrusion, avait laissé la radio allumée. Elle avait mis cela sur le compte de la femme de ménage. Mais il lui paraissait évident maintenant que ce refrain, souvenir des dernières semaines de Roxana avant son exil, ne l'avait pas accueillie par hasard.

14

Shadi raft

Narek parcourut fébrilement les rues entourant la villa de Shadi. « Ne t'inquiète pas, on se revoit en fin d'après-midi », lui avait-elle promis avant de le mettre dehors, le repoussant d'un geste ferme. Mais, tenaillé par le regret, il sonna plus tôt que prévu à sa porte.

N'obtenant pas de réponse, il laissa un message sur son portable. Puis fit le tour pour entrer par-derrière, et tomba sur un petit garçon aux cheveux rasés qui se dandinait devant le portail.

Le gamin avait des yeux noirs comme des billes, et une flûte en bois dépassait de son cartable. Narek s'approcha.

– Elle est partie dans la Range Rover… déclara le garçon avec un geste imprécis.

– Tu parles de Shadi ? Tu la connais ? demanda Narek en mettant un genou au sol.

Mais le gamin prit aussitôt ses jambes à son cou, empruntant un minuscule passage entre deux immeubles bas aux murs blancs. Narek s'élança pour le suivre, mais fut arrêté par une nuée d'écoliers qui couraient en tous sens. Il le chercha en vain dans les rues voisines, puis revint vers la villa dont il trouva le portail de devant grand ouvert.

Des policiers étaient postés à l'intérieur. Narek se heurta à un agent, demanda des explications, en vain, cherchant l'inspecteur Velayi des yeux.

Dans la cour pavée de mosaïque, un homme accroupi photographiait un bouquet de tulipes rouges.

Le portable de Mona sonna. C'était sa fille.

– Tu as vu !

– J'ai vu quoi ?

– Le serial killer a enlevé une fille qui s'appelle Shadi.

– Shadi ? répéta Mona.

Puis elle tourna son regard vers Reza, tentant d'évaluer sa réaction. Il s'était écarté de la porte et l'observait d'un air interrogateur.

– Que se passe-t-il ? Darya a laissé un message pour dire qu'elle n'avait pas pu récupérer le corps en raison de nouveaux éléments dans l'enquête. (Il était redevenu affable, courtois, oiseau plus que sphinx.) Et pourquoi, ajouta-t-il, me parlais-tu de Nadia Nassiri ?

Elle lui remit le CD.

– Tu as produit un disque où elle jouait…

– Hum, un captage réalisé par des amateurs, gravé en combien… deux cents exemplaires par mes employés, déchiffra-t-il d'un air agacé. Tu crois que j'ai le temps de m'occuper de ce genre de choses ? Mais vas-tu me dire ce qui se passe à la fin ?

– Il faudrait qu'on aille écouter les informations, murmura Mona.

Et elle descendit les escaliers, Reza sur ses talons.

Elle alluma la télévision.

Dans une étroite ruelle du vieux quartier d'Ispahan, une femme enveloppée d'un tchador gris fuyait la caméra. C'était la mère de Shadi Soltani, «une Afghane mariée à un Iranien», commenta le présentateur.

Elle était accompagnée de sa fille cadette, qui se retourna un instant, le visage baigné de larmes. Âgée d'une quinzaine d'années, celle-ci était recouverte d'un tchador noir qu'elle tenait serré contre elle. Un homme à l'épaisse moustache grise apparut, s'interposant entre l'adolescente et la caméra.

«On n'a rien à vous dire, déclara-t-il. Shadi n'est plus ma fille ; elle n'a pas remis les pieds ici depuis deux ans… »

«En raison de sa vie dissolue, sa famille avait en effet coupé les ponts avec la victime… » précisa le journaliste alors qu'une photo de la disparue apparaissait à l'écran : une brune à la beauté sculpturale observait l'objectif avec gravité.

«Elle se prétendait artiste et musicienne, mais enchaînait en réalité des mariages provisoires avec des hommes plus âgés qui payaient les frais de son somptueux logement… »

La disparition de Shadi avait été signalée par une voisine qui lui confiait de temps en temps son fils à la sortie de l'école. Connaissant désormais son activité déshonorante, ce témoin ne souhaitait pas sortir de l'anonymat mais confirmait que la jeune femme rêvait de partir à l'étranger pour devenir chanteuse professionnelle.

Un bouquet de tulipes artificielles avait été déposé devant la porte de la victime, précisa le présentateur avant d'ajouter que le tueur d'Ispahan avait encore frappé. Le rituel du serial killer s'inspirait en effet, d'après la police, d'une chanson de Roxana Forsati.

Une chanson, précisa le journaliste, où figurait le prénom Shadi.

Shadi raft, songea-t-elle, la joie s'en est allée…

Dans le poste, une voix masculine se mit à interpréter la chanson de Roxana :

Dans un royaume où les ignorants sont rois, un homme a volé la voix des femmes. Il a emporté leur chant, semé des tulipes sur leur chemin ; et la joie s'en est allée.

Deuxième partie

15

Tulipes de soie

Elle savait où il l'avait emmenée.

Après l'avoir traînée de force dans sa voiture, il l'avait jetée sur la banquette arrière, pour la conduire à travers le désert. Puis il l'avait extirpée de sa Range Rover, l'avait cajolée comme à son habitude, la tenant tendrement par les épaules, avant de l'enfermer sans rien dire dans cette cellule quasiment nue, où le son continu de la radio officielle lui parvenait de la pièce d'à côté.

Elle appuya son dos contre le mur, frissonnant à son contact glacé. Ses jambes, quand elle les replia sous elle sur la banquette, lui semblèrent douloureuses et courbaturées. Reconnaissant les effets du manque, elle ferma les yeux, puis les rouvrit, aux aguets.

Shadi savait très exactement où elle se trouvait, et se prit à espérer que Narek se souviendrait de ce qu'elle lui avait confié sur la rivière asséchée.

Machinalement, elle tendit la main vers la poche de son jean. Mais son portable était la première chose que le Violoncelliste lui avait prise. Sur qui, de toute façon, pouvait-elle compter ? Sur Narek ? Celui-ci allait repartir en France et l'oublier, comme tous les étrangers qui étaient tombés amoureux d'elle. Son père alors ? Sa mère ? Sa sœur ? Allaient-ils seulement la regretter ? Le souvenir de sa famille lui fit monter les larmes aux yeux. Elle se mordit la lèvre, avant de ramener ses genoux contre sa poitrine.

De l'autre côté de la porte, un chant révolutionnaire vint ponctuer les informations à la radio.

Longtemps son père avait chanté avec elle. Ils se donnaient ainsi du courage quand ils nettoyaient ensemble, se rappela alors la jeune femme, la voiture d'un riche dans un quartier lointain. Puis, un jour, sans qu'elle comprenne pourquoi, il cessa de chanter avec elle. Pire que cela, il ne voulait plus l'entendre, exigeait le silence. Pourquoi ? se demandait Shadi. Pourquoi lui avoir donné ce prénom qui signifiait la joie alors qu'il avait décidé de l'ignorer ainsi. Durant cette période, son père ne s'habillait plus que de noir. Il réprimandait souvent sa mère pour des raisons que Shadi et sa sœur ne saisissaient pas. Mais alors qu'elles guettaient leurs éclats de voix depuis leur chambre, la fillette avait réalisé qu'elle n'entendait jamais chanter sa mère. Elle comprit alors obscurément que l'interdit qui s'était abattu sur elle avait quelque chose à voir avec le fait de devenir une femme.

Quand, plusieurs années plus tard, Shadi avait réussi l'examen d'entrée à l'université, son père lui avait demandé de renoncer à ses études pour « se trouver rapidement un mari ». Elle lui coûtait bien trop cher et il fallait penser à sa sœur maintenant, dont la réputation au sein du quartier pouvait être entachée par son célibat prolongé.

Shadi lui avait alors expliqué qu'elle ne souhaitait pas se marier, mais voulait partir à l'étranger afin de devenir chanteuse.

Sa mère avait levé les bras au ciel.

« Chanteuse ? Tu es folle ? C'est interdit par la loi !

« – Mais ton stupide interdit est quotidiennement bafoué. Regarde, on nous laisse bien chanter dans les chœurs aujourd'hui ! Alors pourquoi pas en solo ? »

Son père était intervenu :

« Quand vos voix sont enveloppées par d'autres voix, votre pudeur est préservée. Et peu importe ce que font les autres. Tu es ma fille !

– Il y a un siècle, il était interdit à l'ensemble des musulmans de jouer de la musique, hommes ou femmes, alors que c'est autorisé aujourd'hui.

– Et tu voudrais faire ton métier d'une pratique réservée aux infidèles ? »

Puis elle avait rencontré l'homme qu'elle surnommait le Violoncelliste. Celui-ci voyageait souvent et lui avait promis de l'emmener à l'étranger. Il s'occuperait de tout, disait-il, une fois le mariage provisoire consommé.

« Mais qui est cet homme ? lui avait demandé sa mère. Pourquoi ne nous le présentes-tu pas ? Ce n'est pas ainsi, se désespérait la vieille Afghane, que l'on contracte les mariages chez les gens bien. »

Après son départ de la maison, Shadi n'avait plus eu le droit de parler avec sa sœur, comme si le simple fait d'entendre sa voix couvrait celle-ci de déshonneur. Mais peu lui importait finalement que sa mère lui raccroche au nez chaque fois qu'elle l'appelait. Peu lui importait de ne plus exister aux yeux de sa famille qui racontait partout qu'elle était morte. Car le Violoncelliste lui avait donné accès à un tout autre univers que ce quartier délabré où les voisins la surveillaient sans arrêt. Un univers empli de frissons et de secrets dont elle avait toujours su qu'il causerait sa perte.

La radio se tut, des pas se firent entendre de l'autre côté, la porte s'ouvrit.

Shadi s'élança mais le Violoncelliste la repoussa silencieusement, la faisant tomber sur la banquette. Puis il emprisonna ses poignets et la menotta aux grilles de sa couchette, avant de lui retirer son jean. Alors qu'elle donnait des coups de pied dans le vide, il sortit de sa poche le foulard qu'elle portait en sortant de chez elle et l'enroula autour de son cou, serrant assez pour lui couper le souffle.

Shadi le regarda comme si elle le voyait pour la première fois. Il desserra le tissu avant de lui demander :

– Tu sais pourquoi je les ai tuées, à cause de qui ?

À cause de moi, songea-t-elle, perdue, ne sachant que répondre.

Shadi secoua la tête, paniquée.

Il déroula le tissu et la bâillonna, avant de mettre son index devant sa bouche.

Puis il fit glisser sa culotte et emprisonna ses jambes l'une après l'autre avec ses bras. Le sexe de la fille était entièrement épilé, comme il l'exigeait à chacune de leurs rencontres. La perle de son nombril se détachait sur sa peau par sa teinte plus claire que d'habitude, mais il ne sembla pas le remarquer.

De la poche intérieure de son blouson, l'homme sortit un bouquet de tulipes en soie rouge, lui effleurant les cuisses, avant de faire remonter les pétales jusqu'à son pubis. Il la caressa ainsi en douceur, puis releva brutalement son pull et son débardeur, dénudant ses seins. Il ouvrit son pantalon et se masturba longuement contre sa poitrine, tandis que les larmes coulaient silencieusement sur les joues de la jeune femme. Il écarta ses cuisses. Elle ferma les paupières, essayant de s'échapper de son corps, sachant que cela serait sans fin, et que le Violoncelliste, incapable de jouir, ne laisserait pas échapper le moindre gémissement.

16

L'homme au foulard

Le lendemain de l'enlèvement, l'inspecteur Velayi convia Narek à une enquête de voisinage près de la villa de Shadi. Le journaliste se présenta au rendez-vous à l'aube, le visage hâve, les yeux cernés.

– Vous avez sûrement entendu la rumeur selon laquelle Shadi Soltani serait une femme entretenue ? lui expliqua le policier. Nous essayons d'en savoir plus sur ses… « maris », mais c'est très difficile de faire la part du vrai et du faux. La gardienne de l'immeuble d'à côté a évoqué les visites régulières d'un étranger, plutôt jeune. Ses voisins disent avoir aperçu un homme barbu d'un certain âge. D'autres un Afghan. Un témoin clé nous a parlé d'un individu surnommé le Violoncelliste, dont il est impossible d'avoir une description fidèle… Il est probable, poursuivit le policier, qu'elle avait plusieurs clients. Le témoin déclare par ailleurs l'avoir vue avec son agresseur…

– Qui est ce témoin ?

– Le témoin ? C'est bien là que le bât blesse… marmonna Velayi dans sa barbe en lui montrant le chemin vers un immeuble de trois étages situé en face de la villa.

Puis, il s'engagea dans une cage d'escalier tapissée d'un papier peint fleuri et monta au troisième étage, dans un appartement au mobilier années 80. Le carrelage brun du salon était couvert de tapis superposés. Une immense télévision carrée se trouvait sur un meuble recouvert d'un napperon brodé, orné de divers bibelots.

Perdu au milieu d'un fauteuil, Narek reconnut le gamin au crâne rasé et aux yeux noirs croisé devant chez Shadi. Il regretta aussitôt sa présence.

L'enfant leva le nez vers lui, mais ne sembla pas surpris de le voir.

– Un certain nombre de divorcées dans le quartier avaient pris l'habitude de laisser leurs enfants à Shadi Soltani, lui glissa l'inspecteur. Vous vous demandez sûrement comment une mère peut confier sa progéniture à une créature aussi dépravée ?

Narek garda le silence.

– C'est très dur d'être une mère seule dans un pays comme l'Iran ! déclara le policier d'un ton sentencieux avant d'ajouter, impatient : Vous venez, monsieur Djamshid ? *Khahesh mikonam*, je vous attends.

– Vous êtes sûr que c'est une bonne idée que je rencontre ce témoin ? Si c'est un mineur…

– Il n'y a pas de problème, Marjan l'a interrogé et ne voit pas d'inconvénient à ce que vous soyez présent, trancha Velayi.

Des policiers discutaient avec un vieil homme dans un coin de la pièce. L'enfant dévisagea Narek sans rien dire.

– Tout va bien Ali ? Tu veux me dire quelque chose ? lui demanda la profileuse, remarquant son trouble.

Mais le garçon secoua la tête, et elle céda la place à l'inspecteur Velayi en lui murmurant des explications :

– La mère a dû se rendre à son travail. Elle a demandé au grand-père de rester avec le gamin, mais il est dur d'oreille et n'entend quasiment rien. Venez, monsieur, Venez ! lança-t-elle en faisant claquer sa longue rangée de bracelets en or.

Le grand-père s'approcha.

– Nous avons avec nous un journaliste français qui s'intéresse aux méthodes de travail de la police iranienne, expliqua Velayi d'une voix forte. Voyez-vous un inconvénient à ce qu'il assiste à notre conversation ?

Le vieil homme haussa les épaules, puis se pencha vers son petit-fils.

– *Koutchoulou, begou, begou tchi didi.* Raconte, petit ! Raconte ce que tu as vu !

Le gamin se raccrocha au regard de Narek. Quelque chose dans l'apparence du journaliste semblait le rassurer.

– Je l'ai vue à côté de la voiture avec le tueur, déclara-t-il.

– Tu as vu Shadi ? Tu la connais ? demanda l'inspecteur.

– Bien sûr que je la connais, je jouais du ney avec elle tous les jeudis ! annonça-t-il fièrement. Mais le Violoncelliste n'aimait pas que je la fréquente. Je crois bien, hésita Ali, qu'il était jaloux de moi…

– Tu sais qui est cet homme ?

– Je ne l'ai jamais vu. Comme il était jaloux, elle me faisait partir dès qu'il arrivait.

– Revenons à la scène que tu as aperçue hier. Tu es sûr d'avoir vu Shadi ? Tu lui as parlé ?

– Non, elle était en train de se disputer avec le tueur…

– Tu l'as donc aperçue avec cet homme. Saurais-tu le décrire ?

– C'était le tueur. Elle se débattait alors qu'il la poussait vers la Range Rover. Et aussi…

– Et aussi ?

– C'était un Afghan, qui portait un foulard.

– Un homme avec un foulard ?

– Oui, répondit le garçon. C'est avec son foulard qu'il leur vole leur voix n'est-ce pas ? Je l'ai entendu à la radio…

Velayi soupira et s'éloigna, demandant à la profileuse qui revenait auprès du petit garçon :

– Marjan, ma sœur, faites tout de même dresser un portrait-robot de l'homme !

Puis il alluma une cigarette et descendit l'escalier à petites foulées.

Dans la rue, il confia à Narek :

– Le témoin est grillé ! Maleki m'a appelé hier pour se plaindre de votre attitude, me demandant de vous surveiller. Il m'a interrogé sur l'affaire et je lui ai donné quelques détails, lui faisant promettre de ne pas les révéler à la presse iranienne, afin précisément d'éviter d'influencer les témoins éventuels. Mais votre ami de l'Ershad n'est pas, semble-t-il, un homme de parole. Il s'est empressé de médiatiser cette histoire à tous vents pour se faire bien voir de ses chefs ! Or, nous marchons sur des œufs en ce moment, car il y a de grandes chances que la jeune fille soit toujours vivante…

– Vous croyez ? lâcha Narek.

– Ma collaboratrice Marjan en est persuadée. Quant à moi, je fais confiance aux spécialistes… Au fait, vous ai-je dit que nous avons récemment découvert que les trois chanteuses se connaissaient ?

Le journaliste ne fit aucun commentaire.

– À défaut d'avoir retrouvé leurs portables, nous avons retracé les appels à partir de leurs numéros, et

Nadia avait eu plusieurs échanges avec Roxana. Pour Shadi, ce travail sera plus difficile, car elle changeait souvent de téléphone, probablement sur les recommandations de son protecteur. Mais nous avons déjà retrouvé la trace d'un SMS adressé à Roxana le soir de son assassinat, signé Shadi. C'était peut-être un piège, provenant du tueur, mais le ton du message laisse entendre qu'il y avait une réelle familiarité entre elles…

– Vous contrôlez même les SMS ?

– Nous avons en effet beaucoup perfectionné nos techniques de surveillance. Pourquoi ? On ne fait pas ça en France ? s'enquit Velayi d'un air sincèrement intéressé.

Mais il aperçut soudain un gardien de la Révolution devant la villa.

– Que fait-il là ? murmura-t-il au policier en faction.

– C'est le général Ghomi qui l'a missionné.

– Cette affaire ne concerne pas les militaires ! lança Velayi assez fort pour que le gardien l'entende.

– Inspecteur ! Nous avons trouvé quelque chose…

Un homme portant des gants en plastique lui tendit un sachet qui semblait contenir de minuscules objets noirs, comme des puces électroniques. Velayi lui fit signe d'être discret en lançant un regard noir au Pasdar, avant de prendre congé de Narek.

Les traits tirés, David attendait Narek devant son immeuble.

– Que t'a appris la police ?

– Rien de très concluant. Que Shadi était protégée par un homme surnommé le Violoncelliste. Tu as une idée de qui ça pourrait être ?

La pianiste fit non de la tête et se dirigea vers sa voiture. Il éteignit sa cigarette, avant de prendre le volant.

– Comment as-tu rencontré Shadi ? demanda Narek après qu'il eut démarré.

– Vladimir la connaissait de loin et comme il était au courant que je cherchais des chanteuses…

– Vladimir ? Il sait quelque chose ?

– Je ne pense pas. Il ne voulait pas entendre parler de ce concert. La musique ne l'intéresse plus.

Puis David ajouta en prenant une bifurcation qui menait à l'autoroute :

– Tu devrais appeler les Mozaffar. Nous allons faire un détour avant de dîner chez eux…

Et ils roulèrent loin du centre-ville, vers la montagne verdoyante qui surplombait Ispahan.

Ce fut Soraya qui décrocha, l'interrogeant aussitôt sur l'affaire :

– Vous avez du nouveau ? Ce musicien… David c'est cela ? vous a-t-il appris quelque chose…

– Je ne peux pas vous en parler maintenant… répondit Narek, recueillant en réponse un soupir exaspéré.

– N'arrivez pas trop en retard tout de même, conclut Soraya d'un ton sec. Nous avons également invité une amie de David, Mona, qui connaissait bien Roxana.

Pendant ce temps, le musicien se garait au pied du mont Sofeh pour s'engager à pied sur un chemin de randonnée. Narek hésita un instant à lui emboîter le pas, se demandant subitement si on l'avait suivi.

Plus loin, une camionnette était stationnée sur le bas-côté de la route. Il la montra à David qui lui fit signe que tout allait bien, avant de prendre le chemin qui menait à une bâtisse de deux étages.

Derrière un volet émeraude, David tira une clé.

– Où sommes-nous ? demanda Narek.

C'était un gîte aux murs en bois massif, avec un épais tapis persan étendu devant la cheminée et une table basse entourée de trois fauteuils en cuir.

Une veste d'homme était accrochée au portemanteau.

– C'est Vladimir qui est tombé un jour sur ce gîte abandonné, expliqua David. On a consacré beaucoup de temps à l'aménager pour les répétitions. Cela nous semblait un lieu relativement sûr, mais Shadi a insisté pour qu'on en trouve d'autres afin de ne pas se faire repérer…

– C'est aussi Vladimir qui vous a signalé le théâtre désaffecté ?

– Non, il n'y a jamais mis les pieds.

– Mais il savait que vous vous rejoigniez là-bas n'est-ce pas ? insista Narek.

– Veux-tu que je te fasse écouter Shadi ? proposa David, éludant sa question.

Une guitare électrique retentit alors dans le gîte, et une voix aiguë se fit entendre, qui chantait son ennui d'un ton saccadé, avant d'entamer un refrain mélodieux d'un timbre chaleureux et profond. Le répertoire traditionnel iranien n'était pas absent du morceau, ses instruments y faisaient des incursions répétées.

– C'est elle qui chante, qui joue, qui mixe, précisa David. Elle mélange le rock, le folklore et parfois même le jazz.

– Qui lui a fait cadeau de son matériel ? demanda Narek. Le Violoncelliste ?

– Je ne sais pas, je n'avais jamais entendu parler de cet homme auparavant. Elle m'avait dit que ses parents habitaient à Dubaï. Je n'en ai pas douté un instant en voyant sa villa.

– Et Vladimir n'a pas rétabli la vérité ?

David se dirigea vers l'escalier sans répondre. Tandis qu'ils montaient les marches, Narek entendait toujours le disque de la chanteuse disparue. La musique s'interrompit brutalement quand ils poussèrent une porte blindée, pénétrant dans un corridor insonorisé donnant sur des studios vitrés.

Peu à peu, une autre voix se fit entendre, une voix de femme qui chantait du blues.

Au fond du couloir, Narek reconnut Kati, la transsexuelle croisée avec Shadi le jour de sa disparition.

Un garçon musculeux aux traits taillés à la serpe l'accompagnait à la batterie. Ils s'interrompirent pour les saluer. Kati posa son micro et les interrogea du regard.

– Kati, expliqua David, est principalement bassiste mais aussi choriste à ses heures. Quant à Saïd, il devait accompagner les chanteuses à la batterie…

– On se connaît, l'interrompit Kati, Shadi nous a présentés hier…

– Hier, justement, tu lui as parlé du Violoncelliste, enchaîna aussitôt Narek. Tu le connais ?

– Non, malheureusement, fit la transsexuelle d'une voix soudain plus rauque, je ne sais pas qui est ce type. J'ai entendu ce surnom pour la première fois il y a quelques jours. Pendant que tu étais à Berlin, expliqua-t-elle en regardant David, Roxana a questionné Shadi sur les bleus qu'elle avait aux bras. Et elle nous a répondu en riant qu'elle se punissait parfois de ce que lui infligeait le Violoncelliste. On était chez elle et elle avait pris quelque chose je crois…

– C'était votre dernière répétition ? demanda David.

– Non, on s'est retrouvés deux jours plus tard au vieux théâtre, mais la sauce ne prenait pas, Shadi avait la tête ailleurs… Alors, Roxana lui a encore posé des questions : pour quelle raison voyageait-elle aussi régulièrement à Dubaï ? Qui lui payait ses séjours ? Était-ce le Violoncelliste ?

– Que vous a-t-elle dit ? demanda Narek.

– Comme d'habitude : qu'elle allait voir ses parents…

– Quel jour était-ce ?

– C'était deux jours avant la mort de Roxana, trois jours avant celle de Nadia… Tu étais toujours à Berlin, répondit Kati.

– C'était le jour où la police a fait cette prise au milieu du désert : vous savez, une cargaison massive venue d'Afghanistan… ajouta Saïd. Trois tonnes d'opium ou d'héroïne…

– De l'opium, on en a encore parlé hier avec Vladimir…

– Vladimir ? réagit Narek. C'est donc lui qui t'a présenté Shadi… Et il n'a jamais contredit son histoire de riche héritière ?

David fit non de la tête. Kati haussa les épaules. Une certaine gêne plana dans l'atmosphère.

Saïd s'approcha de Narek et lui tendit une cigarette.

– Je ne crois pas une seconde à cette histoire de serial killer, déclara-t-il. C'est le régime qui veut nous empêcher de jouer !

– Mais ils nous en empêchent déjà… répondit Kati.

– On y va ? conclut David. Les Mozaffar nous attendent.

Et tandis qu'ils redescendaient les escaliers, Narek distingua de nouveau la voix de Shadi, qui déclamait avec colère sur le crissement électrique de sa guitare.

17

Le destin du fleuve

Quand Mona avait reçu l'invitation de son ami Mirza, elle avait d'abord été étonnée de le savoir à Ispahan. Puis elle s'était souvenue que lui aussi connaissait Roxana autrefois. Ils étaient même assez amis, mais n'avaient jamais, à sa connaissance, été amants, bien qu'ils fussent l'un et l'autre des séducteurs invétérés.

Mona sonna avec impatience à la porte, se demandant si le célèbre opposant laïque se remettait de la semaine qu'il avait passée à la prison d'Evin. Mais ce fut la femme de Mirza qui l'accueillit froidement. Soraya portait une combinaison pattes d'eph de couleur beige qui remontait devant en col roulé, tout en lui laissant les bras et le dos nus.

Mona la suivit vers le salon, fascinée par ce qu'elle devinait de son corps musclé. Quel âge avait cette femme ? songea-t-elle, se sentant plus corpulente que jamais.

– Mona ! s'exclama Mirza. Comment vas-tu ?

Une longue mèche blanche retombait sur son front, coiffée en une courbe parfaite suivant un épi naturel.

– Tu es toujours aussi beau, répondit-elle avec un clin d'œil, tandis que Soraya la fusillait du regard.

Car Mona Shirazi était une belle femme. Certes, elle avait quelques kilos de trop, ses dents étaient jaunies par la nicotine et sa longue chevelure était désormais striée de gris. Mais son corps rond et lisse, moulé ce soir-là dans une robe en dentelle bleu roi, donnait envie de se couler contre elle. Mona parfois s'en souvenait, et elle éprouva un plaisir intense à faire enrager Soraya.

– Comment est l'ambiance à Ispahan ? demanda Mirza en lui tendant un verre.

– On y parle beaucoup du général Ghomi, grand ordonnateur local de la fraude ! Moussavi était évidemment en tête ici aussi, comme dans la plupart des grandes villes…

– Tous derrière Moussavi ! ironisa Soraya. Ce vieil ami de Khomeyni… devenu notre principal espoir.

– A-t-on le choix ? fit Mona en refusant d'un geste ferme les pistaches que celle-ci lui tendait.

– L'opposition réformatrice, ajouta Mirza, est réellement porteuse de changement, Soraya le sait très bien. Et si les conservateurs ont empêché Moussavi de prendre la tête du gouvernement, c'est parce qu'ils savent que toutes les conditions pour une révolution de velours sont désormais réunies en Iran. Le Guide ne pourra pas éternellement empêcher le changement !

– Sur le long terme, oui. Mais combien d'années devrons-nous encore attendre : deux, trois, quatre ? dix ? ou trente ans ? fit Soraya. (Puis elle se pencha vers son invitée d'un air de conspiratrice.) Bon et que penses-tu de cette histoire de tueur en série ? Il paraît que la police a longuement interrogé Reza… Mais on va peut-être attendre les autres pour en parler ! ajouta aussitôt Soraya, jetant un coup d'œil à sa montre. Ils nous ont avertis qu'ils seraient en retard…

– Les autres ?

– Oui, nous avons invité un journaliste français qui enquête sur la mort des chanteuses, précisa Mirza.

– Et on attend également David, lâcha Soraya, ne la quittant pas des yeux.

– David ? fit Mona, qui eut soudain très chaud dans sa robe en dentelle.

– Lui as-tu parlé, demanda Mirza Mozaffar, depuis la mort de Roxana ?

– On s'est vus une fois, répondit Mona.

– Mais où est donc le cuisinier ? s'exclama subitement Soraya. On n'a plus de quoi remplir nos verres.

Et tandis qu'elle disparaissait dans cet appartement tout en couloirs à la recherche du personnel de maison, Mona se souvint de la nuit qu'elle avait passée avec le musicien, plus de quinze ans auparavant. Elle tendit la main vers le bol de pistaches.

Était-ce elle qui avait invité David à dîner ce jour-là ? Était-ce lui ? Il lui semblait bien pourtant que c'était David qui l'avait appelée pour la voir. Était-ce elle, alors, qui à la fin de la soirée s'était tournée vers lui pour l'embrasser, ou bien était-ce lui ? C'était le musicien, assurément, qui dans son duplex immaculé s'était penché vers elle pour la prendre dans ses bras. Pourquoi dans ce cas Mona n'avait-elle pas répondu à ses appels les jours suivants ? Pourquoi avait-elle repris leur amitié comme s'il ne s'était rien passé ? Était-ce parce qu'elle savait qu'elle allait quitter Ispahan peu après ? Ou bien parce qu'elle avait surpris David, au petit matin, en train de contempler l'un des disques de Roxana ?

– Au début, expliqua le musicien dans la voiture, j'ai cru que les trois chanteuses ne s'entendraient jamais. Roxana avait imaginé une mise en scène afin d'appeler toutes les Iraniennes à retirer publiquement leur voile. Nadia était résolument contre. Shadi suivait le débat de loin, considérant Roxana avec ironie. Mais apparemment, elles se sont beaucoup rapprochées après mon départ…

– Penses-tu, l'interrompit Narek, que Shadi faisait la mule vers Dubaï ?

– Elle nous a menti sur son identité. Il est donc possible qu'elle ait transporté de la drogue lors de ses voyages, répondit David. Mais elle y allait très souvent, au moins deux fois par mois. La police l'aurait repérée tu ne crois pas ?

Narek revit le corps mince de Shadi, ses longs cheveux noirs, et se souvint des aspérités dans sa voix qui passait de l'ironie à la lassitude, comme si elle avait vécu cent vies déjà.

– Mais pourquoi, lui reprocha soudain Narek, ne m'as-tu pas parlé plus tôt de votre projet…

– Qu'est-ce que tu crois ? répondit le musicien après un silence. Que nous menons ici une vie tranquille comme celle que tu as à Paris ? Qu'on bénéficie des mêmes protections diplomatiques que toi ?

Narek s'apprêtait à répondre, mais finalement préféra garder le silence. Tandis que David se garait devant un immeuble blanc entouré d'une pelouse irréprochable, Narek se demanda de nouveau si on l'avait suivi. En descendant de la voiture, il jeta un regard inquiet au quartier résidentiel où les Mozaffar avaient loué un appartement pour quelques jours. Ses avenues n'étaient peuplées que de voitures de luxe et de cyprès.

Soraya se dirigea d'un pas nonchalant vers l'entrée, exposant son vertigineux décolleté dans le dos.

Mona se leva, se sentant à l'étroit dans sa robe. On était pourtant en octobre, la température s'était radoucie à Ispahan. Étaient-ce les provocations de Soraya qui la mettaient dans cet état ? Ou le fait de passer une soirée avec David alors qu'elle ne s'y attendait pas.

Celui-ci s'avança vers elle avec un sourire amical.

Un jeune homme, grand et brun, le suivait. Il avait quelque chose d'iranien dans ses traits, mais certains détails de sa tenue – la coupe de son jean et de sa chemise noirs, ainsi que cette rangée de bagues qu'il portait à la main droite – trahissaient le fait qu'il vivait à l'étranger.

– Narek a été missionné par l'Orientation islamique pour écrire un article sur le tueur aux tulipes, expliqua Mirza. Mona connaissait bien Roxana… Quant à David…

Celui-ci observa un silence avant de compléter :

– J'ai eu l'idée d'organiser un concert réunissant sur scène trois chanteuses iraniennes, représentant chacune un genre de musique différent…

À table, le musicien poursuivit ses explications.

– En clôture, Roxana avait le projet d'enlever son voile en appelant toutes les Iraniennes à l'imiter. Nadia de son côté y était opposée…

– Je comprends la position que défendait Nadia Nassiri, commenta Mirza. Voilà des mois qu'on résiste intelligemment, sans provocation. Toute la pérennité du mouvement vert est fondée là-dessus…

– Et toi, qu'en penses-tu Mona ? lui demanda Soraya d'une voix curieusement sucrée, avant d'ajouter : Après tout, c'est toi qui l'as inventé ce maudit uniforme avec tes amis les Moudjahedin !

Mona mangeait sans appétit, engourdie par la chaleur, quand elle comprit enfin pourquoi l'atmosphère était aussi étouffante.

– Tu as allumé le chauffage ? demanda-t-elle à Soraya.

– Oui, il y a un léger vent dehors, répondit celle-ci, vêtue de sa combinaison décolletée.

Toutes ces dépenses d'énergie pour pouvoir se promener à moitié nue ! Il n'y avait donc aucune limite à la futilité des Iraniennes ? Elles étaient prêtes à mettre le chauffage à fond alors qu'il faisait vingt degrés dehors afin de porter des tenues extravagantes, songea Mona tandis que Soraya insistait :

– Ne change pas de sujet : ce sont bien les femmes de ton mouvement qui ont inventé l'uniforme islamique ?

Certaines militantes des Moudjahedin avaient en effet commencé à porter, en 1979, foulard et imperméable, comme une résistance symbolique contre l'oppression occidentale. Mais Mona ne faisait pas partie de ces militantes ; au moment de la révolution, elle était d'une autre tendance ! Aussi, cette Soraya Mozaffar commençait-elle à l'agacer. Elle répondit d'une voix glaciale :

– Le voile n'est qu'un symbole, Soraya. Toute la force du mouvement vert est de s'appuyer sur les symboles islamiques pour les détourner, en jouant avec les limites de la légalité.

– C'est bien la réponse d'une ancienne des Moudjahedin ! fit Soraya. Mais nous nous éloignons du sujet. Ce Reza Forsati, l'ancien mari de Roxana, il est un peu particulier vous ne trouvez pas ? A-t-il vraiment détourné l'argent de sa femme après la révolution ?

Pendant que sa femme parlait, Mona obtint de Mirza qu'il baisse le chauffage.

À l'évocation de Reza Forsati, Narek se souvint du disque qu'il avait eu entre les mains dans la voiture de Shadi.

– Je me demande, dit-il, si celui-ci ne connaissait pas Nadia Nassiri. L'un de ses concerts de tar a été enregistré par sa maison de disques…

– Je sais, intervint Mona. Tu es au courant David ?

– Je vois de quel enregistrement il s'agit, répondit-il. Ce n'est qu'un captage de son. La maison Forsati a un quasi-monopole à Ispahan sur la diffusion de la musique *sunati* populaire. Et je ne crois pas que Nadia et Reza se soient jamais croisés.

– Quant à ces histoires de droits… demanda Mirza.

– Avec moi, Reza a toujours été réglo. Il a une fortune considérable et n'a aucun besoin de l'argent de sa femme. Il était toutefois d'une telle possessivité vis-à-vis d'elle…

– Vous connaissez, ajouta Soraya, la théorie de la police sur la chanson de Roxana…

– *Shadi raft*, murmura David, la joie s'en est allée…

Mona lui jeta alors un drôle de regard.

– Shadi est bien la troisième chanteuse dont tu m'avais parlé ? dit Mona. Je croyais qu'elle se trouvait à l'étranger…

– Est-ce vraiment une poule de luxe ? intervint Soraya.

– Manifestement, répondit David, la plupart de ses frais étaient payés par un homme surnommé le Violoncelliste.

Son teint était de plus en plus pâle, il n'avait pas bu une seule gorgée de vin, avait à peine entamé ses plats. Mirza sembla remarquer son malaise et changea de sujet :

– Enfin tout cela ne nous dit pas pourquoi on a volé le fleuve d'Ispahan ! C'est Ghomi, bien sûr, mais je ne crois pas un instant que ce soit pour faciliter la construction du métro…

– Reste, intervint Soraya d'un air mystérieux, l'hypothèse que la disparition du fleuve ait quelque chose à voir avec les cimenteries.

– Les cimenteries ? répéta Mona d'un ton morne.

– Oui, vous savez, celles qui se trouvent dans le désert… Au début, avec le site de Natanz à côté, j'ai cru que c'était pour alimenter des installations nucléaires secrètes. Vous savez que c'est une industrie très consommatrice en eau. Mais elle n'est pas la seule. Et les sociétés de métallurgie et de cimenterie des zones d'activité entre Yazd et Ispahan n'ont curieusement pas pâti de la sécheresse…

« Pour savoir qui a volé le Zayandeh rud, il suffit de suivre son cours… » lui avait confié Shadi. Mais Narek n'avait pas eu le temps d'enquêter sur ce maudit fleuve ! Il devait retrouver la jeune fille, quitte, pour cela, à avouer tout ce qu'il savait à l'inspecteur Velayi.

18

C'est sûrement un Afghan

Narek fut réveillé le lendemain matin à l'aube par un appel de l'inspecteur.

– Monsieur Djamshid, il y a du neuf ! Les gardiens de la Révolution disent avoir un suspect. On vous attend pour couvrir son arrestation, dit-il en lui fixant rendez-vous devant une compagnie de taxis.

Lorsqu'il le retrouva, Narek tenta de sonder le terrain :

– Vous avez une piste ? Des nouvelles de Shadi ?

Velayi haussa les épaules, leva un sourcil d'un air sceptique, tout en se caressant la barbe. Il était entouré de plusieurs policiers, dont quelques-uns en civil. Quand les gardiens de la Révolution arrivèrent, plus nombreux encore, l'inspecteur écouta le plus gradé avec une moue dubitative.

– Mes respects, inspecteur. Je suis ravi de pouvoir vous annoncer que nous avons retrouvé l'homme qui est monté dans la voiture avec Shadi Soltani. Il s'agit d'un individu dont la description correspond en tous points à celle faite par son voisin Ali.

– Et à partir de ce… témoignage, demanda Velayi, vous avez donc un suspect précis ?

– Oui, un individu d'origine afghane qui fait office de concierge dans les locaux de cette entreprise.

147

– Narek Djamshid, ici présent, précisa l'inspecteur, est un journaliste étranger mandaté par l'Orientation islamique. J'insiste pour qu'il assiste à l'interpellation.

– *Befarmayin*, qu'il soit le bienvenu pour observer l'opération, fit le militaire, haussant les épaules.

– Votre présence, murmura Velayi, évitera peut-être une bavure…

Narek suivit les gardiens de la Révolution qui soulevèrent la grille, traversèrent le garage en direction d'un rez-de-chaussée vitré. Ils pénétrèrent brusquement dans un bureau où trônait un samovar doré. Un petit homme y dormait dans un lit de fortune, qui se releva aussitôt, hébété.

– Que se passe-t-il ? Que faites-vous chez moi ? Quelle heure est-il ?

– Merci de vous mettre debout, les mains en l'air, et de décliner votre identité. Nous sommes ici dans le cadre d'une enquête sur le tueur aux tulipes d'Ispahan…

– Le tueur aux tulipes ? Mais pourquoi ? Quel rapport s'il vous plaît ? balbutia-t-il avec un accent rustique d'Afghanistan.

Sans transition, ils attrapèrent l'homme pour le tirer hors de sa couchette.

– Où est la fille ? Avoue ! Tu l'as tuée n'est-ce pas ? Où est Shadi Soltani ?

– Je n'ai rien fait, enfin ! Lâchez-moi s'il vous plaît !

Vêtu d'un mince pyjama rayé, il paraissait chétif, mais se débattait comme un beau diable. Les gardiens de la Révolution commencèrent à le rouer de coups.

– Attention ! s'interposa l'inspecteur Velayi. Nous avons ici un journaliste accrédité par l'Orientation islamique. C'est probablement le dernier représentant de la presse occidentale en Iran. Savez-vous que nos ennemis extérieurs mettent en doute le fait que la République islamique est un État de droit ?

Le chef des Pasdaran fit signe à ses troupes de se calmer. Ils prirent la direction de la sortie, tenant l'Afghan par les bras. Les cheveux en désordre, celui-ci eut à peine le temps d'enfiler une veste sur son pyjama et lança en passant un regard affolé à Narek.

– Vous ne m'avez pas bien compris, insista Velayi en leur barrant le chemin. Je vous demande de relâcher cet homme. Le fait que vous receviez vos ordres de Ghomi ne vous exonère pas de prouver vos accusations.

Le Pasdar esquissa un geste.

– Eh bien, mon frère, vous allez pouvoir vous entretenir de la procédure directement avec lui.

La lourde silhouette du général Ghomi s'encadrait dans l'entrée du garage.

Narek resta immobile, essayant de passer inaperçu parmi les policiers en civil, scrutant de loin le général à la barbe fournie qui serrait la main de Velayi d'une poigne de fer.

– Je ne reste pas longtemps, déclara-t-il, mais je tenais à vous remercier. Sans vous, nous ne serions jamais remontés jusqu'au coupable…

Il s'exprimait dans un persan châtié qui contrastait avec son physique.

– Quel coupable ? rétorqua Velayi. Je m'oppose formellement à ce que vous ameniez cet homme avec vous.

Une lueur s'alluma alors dans le regard du général. De respect, d'ironie ?

– L'enquête qui est placée sous ma responsabilité, insista Velayi, ne relève pas de votre périmètre d'intervention, puisqu'il ne s'agit ni d'une affaire de sécurité intérieure ni d'une atteinte aux règles de la bienséance dans l'espace public.

– Je vais examiner de très près les éléments que vous citez, répondit Ghomi avec calme. Et nous pouvons nous revoir d'ici une semaine pour en parler. Prenez donc rendez-vous avec ma secrétaire !

Il fit signe à ses troupes de conduire l'Afghan vers sa Range Rover.

Dans le garage soudain désert, le policier s'approcha de Narek et lui expliqua de sa voix de basse :

– La République islamique, contrairement à ce que vous pensez, a été un État de droit, jusqu'en juin dernier…

Puis il prit congé avec un petit signe de la main. L'inspecteur Velayi n'était pas un partisan du fraudeur Ahmadinejad et de son ami Ghomi, songea Narek en hélant un taxi.

– J'aimerais, demanda-t-il au chauffeur, que vous suiviez le cours du fleuve.

Dès qu'ils eurent quitté la ville, ils traversèrent un paysage désertique où, après un long chemin, apparurent des baraquements épars en tôle ondulée perdus au milieu du sable. Des gardiens de la Révolution faisaient le guet devant leurs portes.

Un bras se tendit à travers les barreaux d'une fenêtre. L'ouverture laissait voir quatre ou cinq hommes, collés les uns aux autres, debout, épuisés. Combien étaient-ils ? Des centaines, semblait-il, entassés dans ces abris de fortune.

Narek demanda au conducteur de ralentir.

– Ce sont des Afghans, expliqua l'homme sans sourciller. Des vendeurs d'opium et d'héroïne qui attendent d'être pendus.

Le taxi poursuivit sa route à travers le désert. Rien de plus facile en effet que de suivre le lit de la rivière pour faire la part du vrai et du faux dans les rumeurs qui couraient depuis sa disparition. L'hypothèse de Soraya sur le site nucléaire de Natanz était séduisante mais ils avaient pris la direction du sud. Il n'y avait pas non plus de terres agricoles sur le chemin, irriguées par le fleuve. Il n'y avait que le sable, uniquement le désert, jusqu'au barrage.

Mona sonna chez Farinaz, puis patienta en observant dans la cour des ouvriers qui réparaient les dalles.

La prostituée vivait au deuxième étage d'un immeuble dont les appartements étaient reliés, de terrasse en terrasse, par des escaliers en fer forgé. Elle sonna une nouvelle fois et la voisine d'à côté entrouvrit sa porte pour lui jeter un coup d'œil méfiant. Mona faillit, imitant sa fille, lui tirer la langue.

Farinaz apparut enfin.

– C'est vous docteur ? Que faites-vous là ?

Sa patiente avait jeté un voile sur ses cheveux mais elle était pieds nus, vêtue d'une chemise de nuit écarlate, bordée de dentelle.

– Je venais juste prendre de vos nouvelles. Comment ça va ?

En face du lit à moitié défait, un ordinateur portable était allumé sur une table en bois. Et des bouteilles de Parsi Cola traînaient sur le comptoir de la cuisine.

– Ça ne va pas très fort… répondit Farinaz avec un sourire forcé. Alors, pour me changer les idées, je regarde les annonces sur Ardabili, dit-elle en désignant l'écran. Vous connaissez ?

Mona avait bien sûr entendu parler de ce mollah réformateur, dont le site Internet était devenu le dernier site de rencontres à la mode. Son agence triait les candidatures sur le volet grâce à un questionnaire détaillé. Puis, si les deux parties étaient satisfaites de son choix, il les aidait à établir le contrat de mariage, en prenant soin de garantir les droits de la mariée.

– L'ayatollah Ardabili fait un travail très sérieux vous savez, expliqua Farinaz en servant un verre d'eau à Mona. Il s'assure bien des intentions du fiancé avant de nous le présenter, il négocie la dot. Une marieuse traditionnelle ne ferait pas mieux !

– Mais… hésita Mona, vous n'avez pas peur que Hosseini revienne ?

Façon délicate de demander si un autre proxénète ne l'avait pas obligée à reprendre son activité. Le regard de la prostituée se déroba.

– Hosseini ? dit-elle. Il est mort.

– Il a été pendu ? Déjà ?

– Non, il n'est même pas passé en jugement. Il paraît qu'il s'est battu avec un détenu lors d'une promenade… Je pense plutôt qu'on lui a réglé son compte… Il en savait sûrement trop sur l'organisation du trafic, dit-elle avant d'éclater subitement en sanglots.

Mona, surprise, la prit aussitôt dans ses bras. Et Farinaz se confia dans un flot ininterrompu :

– J'ai peur, docteur Shirazi, je suis terrorisée. Il paraît que ses amis cherchent à savoir qui l'a balancé. Et le bruit court que l'indic serait une prostituée ! Hosseini ne m'a jamais rien raconté, je vous le jure ! J'ai peur, si vous saviez…

– Allons. Ces gens-là sont bien mieux renseignés que vous ne le croyez. Vous ne courez aucun danger.

Puis elle ajouta sans trop y croire :

– Tout va s'arranger. Je suis sûre que l'ayatollah Ardabili va vous trouver un bon mari.

– Je viendrai vous voir alors, répondit Farinaz avec un pauvre sourire, pour que vous m'aidiez à passer pour une vraie jeune fille…

Quelques minutes plus tard, en s'éloignant en voiture, Mona réalisa que le quartier était entièrement quadrillé par des véhicules de police. Plusieurs jeunes, de simples consommateurs qu'elle avait commencé depuis peu à suivre, y étaient poussés sans ménagement.

Devant l'un d'eux, elle reconnut l'inspecteur Velayi, qui avait repris le démantèlement du réseau qui irriguait d'opium et d'héroïne le plateau d'Ispahan.

La rivière était bien là, qui se jetait, impuissante, contre les digues bâties pour la retenir. Narek ne la voyait pas, mais l'entendait gronder sourdement. Une quinzaine d'entrepôts abandonnés se trouvaient non loin. Tout autour, le désert s'étendait à perte de vue.

Et quand le taxi se mit à longer le cours d'un canal artificiel où s'écoulait l'eau du fleuve, Narek vit apparaître les panneaux qui indiquaient Yazd.

Le conducteur s'arrêta. Narek descendit. Rapidement son visage fut recouvert de sable.

– Je ne vais pas plus loin, lui lança le chauffeur depuis sa voiture, vous m'avez déjà entraîné au-delà de mon périmètre.

Narek hésita, fixant les constructions irrégulières d'une zone industrielle au loin. Il remonta dans le taxi. Sur le chemin du retour, le cours d'eau redevint sable, le fleuve n'était plus qu'un long fossé dans la terre. Et quand il vit apparaître l'oasis d'Ispahan, il se demanda ce qu'il pouvait faire maintenant pour retrouver Shadi, entre la ville et le désert, le fleuve et le mont Sofeh.

Une moto surgit sur leur droite, et Narek crut reconnaître le blouson en cuir de Vladimir. Il demanda au taxi d'accélérer, mais celui-ci pointa le compteur de vitesse du doigt. Pendant ce temps, le motard filait vers la ligne d'horizon.

19

Quitte à brûler…

Il avait trempé une serviette dans l'eau, avant de la nettoyer avec une infinie tendresse. Elle avait docilement revêtu les vêtements qu'il lui avait apportés, une chemise rose pâle, élimée, quasiment transparente, une longue jupe noire à volants, pas de sous-vêtements. Il l'avait nourrie, puis lui avait laissé une seringue avec une dose dans un sachet plastique, une cuillère, un briquet, et avait quitté la pièce sans prononcer un mot. Avant de partir, il avait simplement monté le son de la radio officielle dans la pièce d'à côté.

Shadi s'approcha de la table, releva ses manches, prépara sa dose d'une main tremblante, puis hésita devant la seringue. Se ravisant aussitôt, elle revint s'asseoir sur la banquette.

La première fois que le Violoncelliste lui avait proposé de l'héroïne, elle avait eu l'impression de s'injecter le diable en personne dans les veines. Mais le plaisir avait rapidement pris la place de la culpabilité, et elle s'était piquée encore, prête à tout désormais pour lui plaire, retenant les instructions par cœur avant de partir pour Dubaï.

La voix d'un muezzin s'éleva dans le poste de l'autre côté du mur.

Shadi frissonna et repensa à Nadia. À chaque appel, celle-ci interrompait les répétitions pour revêtir une longue robe blanche. Roxana la regardait alors comme si elle avait perdu la tête. Mais Nadia s'isolait avec un sourire et entamait sa prière. Les autres se partageaient une cigarette pour patienter, tandis que Roxana, perchée sur ses talons de star, pestait entre ses dents contre l'islam…

Le souvenir des chanteuses assassinées lui donna la chair de poule. Étaient-elles mortes par sa faute ? Mais pourquoi ? Shadi n'avait pas répondu quand Roxana l'avait harcelée de questions dans sa villa. Elle s'était contentée de rire quand Nadia lui avait chuchoté, bouleversée : « Tu vas brûler en Enfer… »

Quitte à brûler, alors, autant commencer maintenant ! Elle but à la bouteille pour étancher sa soif et releva sa manche, puis elle recula de nouveau, hésitante. Va savoir ce qu'il y a dans la seringue, va savoir si c'est une petite dose de mort ou l'autre, la finale.

Mais elle revint vers la table et enfonça l'aiguille dans sa cuisse. Le plaisir monterait plus vite, plus fort, et si c'était la mort, elle viendrait aussi rapidement.

– Déshabille-toi ! dit-il.

Shadi sursauta. Avec la dose massive qu'elle s'était injectée et le bruit continu de la radio à côté, elle ne l'avait pas entendu entrer. Elle se releva maladroitement, scruta le briquet sur la table, puis la seringue, évaluant la distance qui les séparait. Celle-ci lui paraissait soudain l'arme idéale pour se défendre.

Mais le Violoncelliste était déjà près d'elle. Impossible de l'atteindre désormais.

– Commence par enlever ça, dit-il en désignant son chemisier.

Alors que les larmes coulaient sur ses joues, elle défit les boutons d'une main mal assurée. Il ne lui laissa pas le temps de l'enlever et l'attrapa par les cheveux.

Son autre main était enroulée dans le foulard de Shadi.

Il était fou, elle en était persuadée maintenant. Était-ce le même homme qui lui avait appris à s'habiller avec élégance ? Était-ce lui qui lui récitait des poèmes avant de lui faire l'amour ?

Le souvenir d'une intimité qui lui avait plu autrefois la remplit de honte. Elle ferma les yeux en attendant les coups. Mais il la menotta de nouveau à la banquette.

Allait-il la torturer ainsi pendant des jours ? Qu'avait-il vécu durant la révolution ou la guerre qui l'avait détraqué à ce point ?

– Il faut qu'on parle, déclara-t-il d'une voix calme, avant de lui ôter sa jupe.

20

Derrière les palissades

Narek errait sous le ciel étoilé, dans les ruelles de la vieille ville. Celles-ci étaient vides, silencieuses. On entendait bruisser la nuit.

Il emprunta un passage au milieu de bâtiments en chantier, débouchant sur une allée étroite bordée d'immeubles bas. Traditionnellement, au Moyen-Orient, les demeures des minorités religieuses, dotées d'entrées minuscules, étaient moins élevées que celles des musulmans, afin de leur rappeler quotidiennement leur infériorité. Était-il dans un quartier juif ou chrétien ? Ses habitants semblaient en tout cas l'avoir déserté.

Une silhouette dégingandée surgit devant lui, un jeune aux cheveux filasse attachés en queue-de-cheval qui portait des rangers fatigués. Il jeta un coup d'œil soupçonneux en direction de Narek. Puis, rassuré par son allure, s'ébranla vers l'obscurité.

Aussitôt, Narek lui emboîta le pas. Dans n'importe quelle ville, lui avait expliqué un journaliste de *Faits-divers*, il suffisait de repérer un personnage aux allures de junkie et de le suivre ; celui-ci le mènerait sans aucun doute sur les lieux du trafic. Et alors que ses réflexes professionnels lui revenaient tout naturellement, il ressentit une obscure culpabilité à avoir laissé tomber ses collègues. Ce n'étaient pas tous des intellos, beaucoup se moquaient de son intérêt pour la géopolitique, mais ils ne se prenaient pas au sérieux et lui avaient appris à mener une enquête.

L'homme à la queue-de-cheval disparut subitement dans l'ombre. Ne sachant quelle direction emprunter, Narek patienta, les sens en alerte.

Il entendit soudain le vrombissement d'un moteur et aperçut un motard qui s'éloignait. Encore une fois, il lui sembla reconnaître Vladimir.

Et si la disparition de Shadi avait un lien avec ces vastes quantités de drogues qui venaient d'Afghanistan ou du Pakistan, transitaient par l'Iran pour s'acheminer vers l'Europe ou les États-Unis… Mais comment pouvait-elle faire régulièrement la mule sans se faire repérer par la police de Dubaï ?

Une seringue avait été abandonnée au coin de la rue, contre des palissades qui dissimulaient une friche. Au centre de celle-ci, une dizaine de personnes rassemblées autour d'un feu faisaient chauffer des boulettes d'opium dans une poêle en fonte. Maigres et dépenaillés, ils étaient jeunes pour la plupart et certains avaient même l'air de gamins des rues aux bras secs comme des bâtons.

Appuyée contre un arbre, Kati se tenait à quelques pas. Vêtue d'un voile et d'un imperméable sombres, la transsexuelle tirait une longue bouffée d'une pipe transparente. Quand elle reconnut Narek, elle l'invita d'un geste indolent à la rejoindre.

Il parcourut le terrain vague du regard.

– Ne t'inquiète pas, on ne risque rien, dit-elle.

– Vous vous retrouvez souvent ici ?

– Parfois…

– C'est bien le cousin de David que je viens de voir partir en moto ?

– Vladimir ? Oui, il était là… Il est mystérieux n'est-ce pas ? Personne ne sait où il habite…

– Que voulait-il ? demanda Narek tout en refusant l'opium que lui tendait Kati.

– C'est drôle, il m'a posé des questions sur toi lui aussi. Sur tes relations avec Shadi…

Des phares illuminèrent la palissade. Tous se figèrent, les yeux rivés sur les planches qui rougeoyaient. Mais le véhicule s'éloigna rapidement.

– Tu es sûre qu'on ne peut pas nous surprendre ici ? demanda Narek.

– En ce moment, on n'a pas trop le choix. Le lit du fleuve est très surveillé à cause des manifestations ; le quartier du vieux théâtre est quadrillé… De toute façon, si la police débarque, il suffit de filer à travers champs, nos voitures sont là-bas, expliqua la transsexuelle en indiquant l'étendue devant elle.

– Et tu penses que tu pourras courir assez vite avec tout ce que tu as fumé ?

– Oh ne me culpabilise pas, s'il te plaît. Je n'en fume pas beaucoup tu sais, juste un caillou par-ci par-là. J'ai bien droit à un petit plaisir pas trop compliqué dans ma vie ! C'est tellement difficile, tu sais, pour moi… Tu es sûr que tu ne veux pas une taffe ?

Kati soupira longuement et se laissa glisser pour s'asseoir au pied de l'arbre, les jambes repliées, la tête penchée sur le côté, les paupières mi-closes.

– Ils disent : faites-vous opérer, vous serez en paix avec l'islam et la société ! Tu parles ! Si tu savais, Narek, si tu savais…

Puis, tandis que les volutes de fumée s'élevaient autour d'elle, Kati lui expliqua que son amie Shadi, loin d'être une simple prostituée, était en réalité une princesse. Une princesse qui avait grandi sans un sou dans un quartier pouilleux d'Ispahan avant de vendre sa virginité à un homme plus âgé. Une princesse qui au lieu de mettre Kati à l'index parce qu'elle n'était ni homme ni femme lui avait présenté des musiciens célèbres…

Soudain, Narek entendit des pas glisser précipitamment sur l'herbe.

– Vite ! Barrez-vous ! Ils arrivent… lança un junkie en prenant la fuite.

Narek se retourna et vit des hommes en uniforme écarter les planches. Il tendit la main à Kati pour l'aider à se relever.

Mais la transsexuelle, les flics aux trousses, filait déjà comme une fusée.

Le journaliste reconnut alors la voix de l'inspecteur Velayi dans son dos :

– Alors, monsieur Djamshid, vous visitez les bas-fonds d'Ispahan ? Vous devriez faire attention, vous risquez de vous attirer des ennuis.

La profileuse considéra Narek d'un air circonspect tandis qu'il s'installait sur le siège à côté d'elle. Toujours vêtue d'un foulard bleu nuit qui retombait en drapé sur ses épaules, elle faisait de temps en temps cliqueter sa longue rangée de bracelets en or. Velayi, au volant, interrogeait ses troupes par radio :

– Vous l'avez rattrapée ? Mais comment a-t-elle pu vous échapper ? Vous avez des véhicules, vous êtes entraînés… Cette créature est en jupe !

Narek se tourna vers la profileuse.

– Pensez-vous toujours que Shadi soit vivante ? Le temps passe…

Après une hésitation, elle répondit :

– Souvenez-vous de la chanson : *Shadi raft*, la joie s'en est allée… S'il l'a enlevée, au lieu de la tuer, mettant sa disparition en scène, c'est que ce monstre a un motif secret.

– Un motif ? Quel motif ?

Elle se lança alors dans un discours elliptique à l'iranienne, dont il ressortait que ses motivations étaient complexes et que le tueur cherchait à se protéger dans une stratégie qui lui semblait rationnelle.

– Il est profondément déséquilibré, cela, je peux vous l'assurer ! dit-elle en contenant difficilement sa colère, avant de retrouver sa réserve habituelle.

– Vous savez qui c'est ? demanda subitement Narek.

– Non, on ne l'a pas encore identifié, intervint Velayi.

Mais Narek surprit dans le rétroviseur le regard qu'il échangeait avec sa collègue.

Le journaliste fut relâché une demi-heure plus tard, après avoir justifié sa présence sur le terrain vague. Il était là, dit-il, pour enquêter sur la disparition de Shadi Soltani. Bizarrement, l'inspecteur Velayi ne chercha pas à en savoir plus et prononça une requête surprenante avant de le libérer :

– Merci, si jamais vous avez Maleki au téléphone, de ne pas informer l'Orientation islamique que j'ai participé au coup de filet de ce soir. Inutile de médiatiser davantage les opérations que je mène.

De retour chez David, Narek le trouva en compagnie de Mona Shirazi en train de fumer sur le canapé.

– J'ai croisé ton cousin juste avant mon arrestation, déclara Narek après avoir raconté le coup de filet. Il paraît qu'il se renseignait sur moi…

– Vladimir ? s'exclama Mona. Ce Russe qui jouait du violon pour Roxana ?

– Il n'est pas russe, c'est un Arménien, corrigea David.

Vladimir Mourad, apprit alors Narek, avait échappé au goulag en Union soviétique alors qu'il était enfant. Il y avait perdu sa mère avant d'immigrer avec son père en Iran. Un père apparenté de loin à la mère de David, qui les avait recueillis chez elle.

– Vladimir ne sait rien, affirma le pianiste, il poursuit sa vie de noceur comme avant.

– Mais alors, pourquoi a-t-il interrogé Kati ?

– Il essaie de comprendre ce qui est arrivé.

– Peux-tu me donner ses coordonnées ?

– C'est hors de question ! Va savoir si ce n'est pas la police qui te surveille. Ils utilisent des motards, tu sais, pour les filatures urbaines. Officiellement, mon cousin habite ici de toute façon, il est domicilié dans mon appartement.

– Et officieusement ?

– Chez l'une ou l'autre de ses maîtresses. Vladimir est ce qu'on appelle un homme qui aime les femmes. Crois-moi, Narek, il est incapable d'en tuer une, je le sais.

– Et tu me confirmes, intervint Mona, que Nadia ne connaissait pas Reza ?

– Tu penses vraiment, répondit-il, qu'elle aurait pu dissimuler cette information à Roxana ?

Le musicien fumait, passant de temps en temps sa cigarette à Mona qui avait épuisé les siennes.

– Y a-t-il d'autres détails que tu as omis de nous raconter, mon ami ? demanda-t-elle à David qui haussa les épaules.

Cette ancienne militante des Moudjahedin semblait avoir une autorité irrésistible sur le musicien. Mais celui-ci parlerait-il pour autant devant Narek, qui n'était après tout, il le lui avait bien fait remarquer, qu'un étranger ? Un étranger qui finirait par regagner son pays en les laissant se débattre ici avec les autorités.

– Ton cousin Vladimir, intervint Narek, a complètement abandonné la musique ?

– Complètement.

– Pourquoi ?

Un silence pesa alors, où Narek pouvait presque palper le non-dit maladroit entre les deux amis. Soudain, il se sentit de trop.

– Et cette chanson, reprit Mona, avec l'homme qui emporte la voix des femmes, est-ce toi qui as rédigé ses paroles ou Roxana ?

– C'est difficile à dire, tu sais, c'était il y a vingt-cinq ans…

Mona partit alors d'un grand éclat de rire.

– Tu veux me faire croire que tu ne sais pas si tu as écrit ce morceau ?

D'un air étonnamment sombre, le musicien répondit :

– C'est plutôt moi qui ai eu l'idée de l'homme qui volait la voix des femmes. Mais Roxana aimait toujours saupoudrer les chansons de sa touche personnelle : notamment, les tulipes semées sur le chemin…

Puis il garda le silence, les yeux perdus dans le vague, tandis que sa cigarette se consumait dans le cendrier.

L'enterrement de Roxana avait lieu le lendemain. Shadi Soltani avait disparu depuis quarante-
huit heures.

21

Et Ispahan avait tremblé…

La famille procéda au dernier rituel : mise en terre du corps enveloppé dans un linceul, recueillement devant la tombe après y avoir jeté, chacun son tour, une poignée de terre. Le platane dans le cimetière avait revêtu les couleurs de l'automne. Bientôt, se dit Mona, tout Ispahan prendrait la teinte des cheveux de son amie Roxana.

Après la cérémonie, la foule se dispersa, mais Omid restait près de la tombe de sa grand-mère. Il tenait à la main un bouquet de jonquilles. Mohammad Dori prit son fils dans ses bras et le serra longuement.

Une soixantaine de personnes parcouraient la pelouse du cimetière silencieusement. Parmi elles, Mona reconnut les femmes de la famille Forsati, dont les tenues noires contrastaient avec leurs foulards de couleurs vives, comme un dernier pied-de-nez à Roxana. Shahla passa devant elle sans la reconnaître pour prendre le volant de sa Mercedes 4 × 4. La belle-sœur de son amie avait toujours ses ongles incroyablement manucurés, longs et bicolores. Reza se tenait auprès d'elle.

Soraya Mozaffar vint lui susurrer à l'oreille :

– Il est étrange n'est-ce pas ? Mais je ne crois pas que ce soit un tueur…

Mona se souvint alors de l'explication que donnait parfois Roxana de la cruauté de son mari : « Reza ? disait-elle en haussant les épaules, l'islam l'a rendu con ! »

– Au fait, veux-tu que Mirza te conduise à la réception avec ma Maserati ? Je vous la laisse ! fit Soraya sans attendre sa réponse. Je vais essayer la nouvelle voiture de Shahla.

Et elle releva sa jupe pour monter dans la Mercedes.

– Alors, ils ont arrêté un Afghan ? demanda Mirza en roulant vers le mont Sofeh dans la voiture de sa femme.

– Le meurtrier est forcément un Afghan ! ironisa Mona, avant de l'interroger : Dis-moi, mon ami, tu ne m'as jamais raconté le fin mot de l'histoire concernant l'ayatollah Kanuni. Que s'est-il passé il y a quatre ans après que je vous ai aidés dans votre enquête ? Qu'est-il vraiment arrivé à Leila ?

Mirza détourna le regard, l'air subitement épuisé, et garda le silence durant le court trajet qui les conduisit vers la maison des Forsati.

Sur la terrasse aux colonnes de marbre, Shahla s'entretenait avec Soraya :

– Tu sais que ça fait trois mois déjà que je suis inscrite dans ce club de gym ? Il est très sélect et j'ai une entraîneuse personnelle qui a coaché, paraît-il, les joueuses de l'équipe de foot nationale. Je fais de tout avec elle : musculation, haltères, abdos, fessiers…

– Cesse donc de me parler de tes fesses, Shahla, rétorqua Soraya, nous venons d'enterrer ta belle-sœur !

Offusquée, Shahla lui tourna le dos. Mona observa Soraya, son port de tête altier et son physique sculpté par la chirurgie esthétique et les UV.

Soraya n'avait pas d'enfants. En Iran, elle était considérée comme un être à part, et les autres femmes voyaient en elle une inférieure. « La pauvre », disaient-elles en évoquant sa condition. Mais ce terme ne correspondait pas à Soraya Mozaffar, qui n'avait certes pas d'enfants mais couvait son frère Darioush comme une mère. Ancien leader étudiant, celui-ci avait été longtemps emprisonné à Evin, et la rumeur disait que Soraya avait usé de méthodes peu orthodoxes pour le faire libérer. Quelles méthodes ? Impossible de le savoir. Était-ce vrai ? Mirza lui-même était-il au courant de toutes les affaires de sa femme ? Depuis des années celle-ci l'entretenait avec sa fortune colossale. Car Soraya veillait également sur son mari dont elle supportait les incartades amoureuses sans rien dire.

Mona Shirazi, qui avait eu sa fille sur le tard, songea alors que les femmes sans enfants étaient en réalité des mères idéales. Elles n'avaient que des rêves d'enfants et pouvaient servir de mères à tous, puisqu'elles n'étaient celles de personne.

– Roxana aurait détesté cet enterrement…

Mona se retourna et reconnut Vladimir Mourad. Ce Caucasien aux origines obscures, dont le père, fuyant le goulag, s'était réfugié à Ispahan.

« David le considère comme un frère, ils ont grandi ensemble, mais je ne comprends pas bien leur lien de famille », lui avait confié Roxana. Durant un temps, ils s'étaient beaucoup fréquentés, surtout après la révolution. Vladimir avait-il été l'amant de la chanteuse ? Quand Mona avait posé la question à son amie, peu avant qu'elle ne quitte le pays, elle s'était pour ainsi dire rétractée. S'il s'était passé quelque chose entre eux, Roxana ne s'était pas étendue sur le sujet, comme si ce souvenir lui était pénible.

Vladimir leva son verre en regardant Mona.

– Du Parsi Cola, je ne sais pas si mon estomac imbibé d'alcool va survivre à cela.

Puis, sans transition, il se mit à réciter du Khayam :

– *Le vin est un rubis liquide, la coupe en est la mine. La coupe est le corps et le vin en est l'âme. Cette coupe de cristal riante de vin est une larme où se cache le sang du cœur.*

Il s'éloigna ensuite vers la route bordée de platanes.

Mona revint vers la maison, croisant Darya sur le chemin. Les deux femmes se firent face un instant. La fille de Roxana jouait nerveusement avec le pan de son tchador ; elle entrouvrit les lèvres, mais aucun son ne sortit de sa bouche. Mona la serra contre elle et Darya se laissa faire, manifestement bouleversée.

– Je vais m'occuper du dîner, dit-elle en se dégageant.

Alors que les invités s'approchaient timidement du buffet, Mirza Mozaffar rejoignit Mona près de la fontaine.

– Tu voulais que je te parle de ce qui s'est passé il y a quatre ans, soupira-t-il. Ce n'est pas le lieu. Mais je te raconterai… Tu me révéleras peut-être enfin ce jour-là qui est ce mystérieux Shirazi avec qui tu as eu un enfant…

– Si tu veux, on organisera une longue séance de confession pour évoquer le passé… promit Mona, avant d'apercevoir David.

Et de nouveau, elle repensa à ce jour où elle l'avait trouvé au petit matin en train de contempler l'un des disques de Roxana. Mona n'avait rien dit, elle s'était éloignée sur la pointe des pieds, regagnant la chambre, où il l'avait rejointe peu après pour l'embrasser sur le front d'un air distrait.

Son ami Mozaffar, qui avait suivi son regard, se pencha vers elle pour lui chuchoter un vers de Nezami : *Ainsi va mon cœur, ainsi va le monde. Au rythme de l'amour, du désamour. L'humanité s'éteint, se déchire, vit et meurt.*

Il la laissa ensuite avec le musicien.

Après avoir pénétré dans la chambre de David, Narek chercha en vain son carnet d'adresses pour trouver les coordonnées de Vladimir. Puis il alluma l'ordinateur et prit son mal en patience en attendant la connexion à Internet. Il vérifia que le câble était bien raccordé tandis que la machine ramait péniblement. Enfin, il put consulter sa messagerie hotmail. Hélène, ancienne amante, amie et confidente de toujours, s'inquiétait de ne pas avoir de nouvelles depuis qu'il avait quitté Téhéran. Elle voulait s'assurer, disait-elle, qu'il n'avait pas eu de problèmes avec la police ispahanaise.

Narek s'apprêtait à l'appeler pour lui dire d'user d'un peu plus de prudence dans la formulation de ses e-mails, quand il entendit crisser le parquet. Puis des pas. Quelqu'un se trouvait dans la pièce d'à côté. David, peut-être, revenu de l'enterrement ?

Il éteignit l'ordinateur, gagna le salon, qu'il trouva vide.

Sur le canapé un disque de Roxana était posé.

Il ne s'y trouvait pas quelques minutes auparavant, lorsque Narek était entré dans la chambre du pianiste.

En balayant la pièce des yeux, il reconnut le blouson de Vladimir Mourad posé sur le dossier d'une chaise.

– J'ai du mal à croire qu'elle est morte… confia David tandis qu'il se dirigeait avec Mona vers l'arrière de la maison.

Ils rejoignirent silencieusement un petit chemin à l'écart. David s'appuya à un arbre, et tout en fumant une cigarette, lui avoua enfin ce qui était arrivé vingt-cinq ans auparavant, le jour où ils prenaient un café sous les arcades du pont Khadjou, lui et son cousin Vladimir, en compagnie de la chanteuse, alors âgée de vingt-cinq ans, vêtue de bottes et d'un foulard assez peu discrets pour l'époque.

La chanson qu'ils avaient écrite ce jour-là était infiniment triste. Ils avaient ri pourtant, beaucoup ri, dans ce café. Pourquoi avaient-ils autant ri alors que les paroles qu'ils composaient étaient si tristes ? David avait proposé un vers où un homme dérobait la voix des femmes. Roxana, de son côté, tenait à inclure une allusion aux tulipes sanglantes de la révolution. Il leur manquait un vers cependant. Et Vladimir, depuis toujours féru de poésie persane, avait trouvé « la joie s'en est allée ».

Des gardiens de la Révolution étaient entrés. Plutôt jeunes, ils étaient au nombre de trois. Hommes et femmes dans la République islamique devaient rester séparés dans les lieux publics. L'interdit était strictement respecté à l'époque. On était au temps de la terreur khomeyniste.

David s'était levé sans rien dire et s'était éloigné de la table. Vladimir avait hésité.

Un gardien de la Révolution s'était approché de Roxana.

« Toi, tu es la chanteuse *taghouti* ?

– Pardon ? » avait-elle répondu, glaciale, à cet homme qui l'accusait d'être une partisane du Shah.

« Et lui, c'est ton mari ? Ton amant ? Qu'est-ce que vous faites ensemble ? » avait-il ajouté en désignant Vladimir.

Les gardiens de la Révolution les avaient ensuite emmenés, tandis que David les regardait partir, impuissant.

– Tu es le fils de Nora, donc ? déclara Vladimir en surgissant dans le salon. Tu sais que je l'ai bien connue… Pas aussi bien que David, mais je la connaissais.

– Tu es là depuis longtemps ? demanda Narek. Tu me suis ?

Mais le cousin de David fit comme s'il n'entendait pas et poursuivit son monologue :

– Nora… C'était la petite préférée de son père… Et quand elle a rompu tout lien avec lui, parce que ce grand nationaliste arménien ne supportait pas qu'elle soit amoureuse d'un Persan, les marxistes sont devenus sa nouvelle famille… Plus tard, je me suis toujours demandé, ajouta Vladimir d'une voix étrangement douce, si Nora ne s'est pas inconsciemment mise en danger pour se punir d'avoir épousé un musulman. Tu ne t'es jamais interrogé là-dessus, toi, Narek ?

Cet homme qui lui parlait subitement de sa mère non seulement posait une question déplacée mais l'interpellait d'une façon brusque et dérangeante. Vladimir Mourad avait-il consommé quelques larmes d'Allah ou autres stupéfiants ? Ses pupilles ne semblaient pourtant pas dilatées. Son attitude n'en était que plus singulière.

– Mais en tant que fille préférée de son père, reprit-il, un cadre du parti Dachnak respecté de tous les Arméniens, elle avait suffisamment d'assurance pour défier toute la communauté. En tant que fille préférée de son père, elle en était aussi d'autant plus coupable… Tout cela, tu me diras, ce n'est que de la psychologie de bazar ! (Vladimir, dont la chemise blanche laissait deviner de larges épaules, s'approcha de Narek.) Je me suis toujours intéressé à la psychologie. Ma mère est morte dans un camp au fin fond de la Sibérie, alors… Et ce policier qu'on voit à la télé, tu l'as rencontré n'est-ce pas ? Il a l'air calé en psycho. Il paraît qu'il fait un lien entre les paroles de la chanson de Roxana et les meurtres. Tu sais que j'étais là quand David l'a composée ? On était dans un café. C'est moi qui ai suggéré le vers sur la disparition de la joie…

Vladimir souriait en prononçant ces paroles, mais son corps trapu dégageait une tension extrême.

– Je crois, murmura David, que je les ai lâchement laissés tomber…

– Roxana ne m'en a jamais parlé, commenta Mona. Quand était-ce exactement ? Que s'est-il passé après leur arrestation ?

Tout d'abord, les trois hommes les avaient entraînés dans un lieu hors de la ville. Puis, lui avait confié son cousin, ils les avaient obligés à chanter.

« Je croyais, avait lancé Roxana en les défiant du regard, que la voix des femmes était impudique ? »

Mais ils avaient ri, braqué leurs armes sur eux, pour les obliger à s'embrasser puis à se déshabiller, l'un ôtant les vêtements de l'autre.

Un des gardiens de la Révolution avait demandé à Vladimir de s'allonger sur la jeune femme sous la menace de son arme. Ils étaient amants après tout, n'est-ce pas ? En quoi cela les gênait-il ? Non ? Ils n'étaient pas amants ? Voilà qui était bien dommage… Mais cela allait changer dès qu'ils se montreraient tous deux plus obéissants, s'était-il énervé soudain.

– Elle ne m'en a jamais parlé… Quand était-ce exactement ? répéta Mona.

David ne s'en souvenait pas. Mais il se rappelait qu'à son retour chez lui, ce soir-là, seul, inquiet, honteux, la ville, sous l'effet d'une secousse sismique de petite ampleur, avait légèrement tremblé.

Deux semaines plus tard, Roxana avait quitté l'Iran grâce aux contacts que lui avait donnés Mona.

– Ispahan, répéta une nouvelle fois le musicien, avait légèrement tremblé ce soir-là.

Mona approcha sa main de la sienne. En réponse, il mêla ses doigts à ceux de son amie, et serra longuement sa paume contre sa poitrine.

22

Sable, béton et goudron noir

Ils descendirent de moto aux abords de la rivière à sec. Narek laissa un message à David, lui expliquant qu'ils se trouvaient à la frontière de la ville, là où le lit du Zayandeh rud se confondait avec le désert. Au milieu de l'étendue de sable, cinq entrepôts aux fenêtres condamnées s'alignaient.

Quelques heures plus tôt chez David, quand Narek l'avait interrogé, Vladimir lui avait ri au nez :

« Tu voudrais que je te fasse connaître les endroits où on trouve de la drogue à Ispahan ? Mais même si je les connaissais, tu crois que je te le dirais ? Dois-je te rappeler, cher ami, que je ne vends que de l'alcool. Étant arménien, et donc chrétien, si je me fais prendre, je peux toujours raconter que je l'ai importé pour ma consommation personnelle. En ajoutant un gros pot-de-vin, ça peut passer. Avec la drogue, c'est une autre histoire : on m'envoie directement à la mort. Il y a un millier d'Afghans dans ce pays qui attendent leur exécution à cause de ce genre de plaisanterie… »

Mais Narek n'avait pas lâché prise, n'obtenant rien jusqu'au moment où il avait évoqué Shadi : « Tu savais n'est-ce pas qu'elle se prostituait ? Faisait-elle aussi la mule chaque fois qu'elle allait à Dubaï ? S'est-elle fait repérer ? » Là, il l'avait senti fléchir.

Maintenant, Vladimir fumait en guettant les alentours. Il inspecta les entrepôts aux murs de béton gris. Ils étaient semblables à ceux près desquels le taxi avait amené Narek la veille mais dans une zone plus isolée encore. Tout en effectuant sa ronde, Vladimir passa un coup de fil. À qui indiquait-il leur localisation ? Impossible de le savoir. Il refusait de le dire, concentré sur l'entrée du bâtiment central.

La porte était bloquée par des planches dont il vérifia la solidité, échouant malgré l'aide de Narek à écarter les lattes. Ses mains tremblaient légèrement en les manipulant.

Il abandonna soudain et prit une longue bouffée de cigarette en fermant les yeux. Il l'éteignit ensuite et fit disparaître le mégot dans sa poche, scrutant l'horizon avec anxiété. Puis il dissimula subitement sa moto dans un baraquement en bois jouxtant le hangar, où ils se réfugièrent en hâte, tendus et silencieux. Jusqu'à ce qu'un 4 × 4 apparaisse.

Vladimir lui fit signe de ne pas bouger et Narek se colla au mur. Mais un bruit strident le fit sursauter quelques minutes plus tard.

Il tenta alors d'observer ce qui se passait à l'extérieur par la fenêtre. Deux hommes étaient sortis du véhicule. Muni d'une scie, l'un d'eux détruisait les planches qui bloquaient l'entrepôt central. L'autre faisait le guet, balayant les environs du regard.

Quand le premier pénétra dans le hangar, le second avança à pas lents vers leur cachette. Narek, qui s'écarta aussitôt, eut le temps de remarquer son arme et son treillis militaire.

Pendant que Mona et le musicien rejoignaient les invités rassemblés dans le jardin, ils aperçurent sur la route une Range Rover roulant avec lenteur vers la maison aux colonnes de marbre. David découvrit alors le message de Narek. Il était 19 heures, et le soir était tombé sur le mont Sofeh.

– À quelle heure a-t-il essayé de te joindre ? demanda Mona.

– Vers 17 heures. Il était avec Vladimir dans des entrepôts à la sortie de la ville.

– Seul avec Vladimir ? demanda Mona.

David s'agaça de sa remarque. Son cousin était un noceur invétéré, à la vie nocturne mystérieuse. Il était quelque peu caractériel, buvait beaucoup, fumait encore plus et consommait toutes sortes de substances dont le musicien se demandait également s'il les vendait. Mais, pour autant, ce qui lui était arrivé il y a vingt-cinq ans avec Roxana, de même que les trauma-tismes subis dans son enfance en Union soviétique, ne faisaient pas de lui un tueur.

Un mouvement parcourut la foule.

La Range Rover s'était garée devant la grille. Des gardiens de la Révolution en sortirent ; l'un d'eux por-tait une barbe fournie : le général Ghomi avec sa garde rapprochée.

Celui-ci se dirigea vers Reza Forsati pour lui serrer la main. Il était accompagné de sa femme, enveloppée dans un tchador blanc.

Le visage pâle, le buste raide, Darya leur désigna le buffet.

Le gardien de la Révolution se tenait immobile devant la porte, à quelques mètres à peine. Contre le mur, Narek ne bougeait pas. S'il faisait le moindre geste l'homme pouvait les repérer. Aussi ferma-t-il les yeux, se concentrant pour calmer son pouls.

Au bout d'un temps qui lui sembla infini, il sentit que Vladimir se déplaçait vers la fenêtre. Narek se rapprocha prudemment.

Le Pasdar était revenu près du 4 × 4. L'autre homme quittait l'entrepôt, un paquet sur l'épaule. Il le chargea dans le véhicule, avant de remettre les planches en place. Les militaires disparurent ensuite en voiture, ne laissant derrière eux qu'un nuage de poussière.

Après avoir attendu un long moment, Vladimir alluma une lampe de poche et se dirigea vers le bâtiment central. Narek lui emboîta le pas.

L'entrée était de nouveau bloquée, mais les planches avaient été clouées à la hâte. L'une d'elles céda rapidement à la pression qu'ils exercèrent ensemble, leur permettant de se glisser à l'intérieur.

Une forte odeur d'encre imprégnait les lieux. D'immenses affiches révolutionnaires étaient roulées contre le mur. D'autres, en train de sécher, étaient étalées sur le sol. Narek fut parcouru d'un frisson en voyant qu'elles étaient couvertes de visages de martyrs, de chars de guerre et d'inscriptions coraniques. Des outils de propagande qui accompagnaient probablement les caisses d'armements destinées à alimenter les conflits libanais et irakiens.

Vladimir examinait des étagères au fond du bâtiment où s'entassaient des piles de CD et de DVD. Que contenaient-ils ? Des sermons islamiques prêts à être exportés à travers le Moyen-Orient ?

Narek sortit un instant. Tout était silencieux. Quand il rentra, il trouva Vladimir agenouillé, qui caressait le sol du bout des doigts.

Rapidement, il souleva une planche, puis une autre, révélant un escalier.

Sans un mot, il descendit les marches. Narek le suivit, faisant rouler une pierre qui se détacha sous le talon de ses Doc Martens. Sa chute provoqua un écho qui s'étira pour se perdre dans l'obscurité.

Croyant entendre un bruit, Shadi se releva et s'approcha de la porte. Elle tendit l'oreille, mais ne perçut que le son étouffé de la radio. Elle retourna vers la banquette, puisant dans sa colère pour retarder le prochain shoot. Elle se roula en boule, agrippa le matelas… Mais son corps résonna soudain des coups qu'elle avait reçus, et elle se demanda encore une fois ce qu'elle avait dit ou fait qui avait perdu Nadia et Roxana.

Shadi s'était bien assurée pourtant que les musiciens avaient quitté la ruelle du vieux théâtre avant de retrouver le Violoncelliste après leur dernière répétition. Celui-ci était arrivé en sueur, hors de lui, les yeux brillants.

« Pourquoi ne se retrouve-t-on pas à la villa ? » avait-elle demandé, inquiète.

« Impossible, après ce qui est arrivé ! Six hommes se sont fait prendre du côté de l'entrepôt 21. La drogue que tu vois est tout ce qui reste du chargement afghan. »

Puis il lui avait montré la marchandise qui partait le lendemain et lui avait donné ses billets pour Dubaï et l'adresse du rendez-vous. Il lui avait confisqué son portable, sans même lui laisser le temps d'effacer ses contacts.

Il était en moto ce jour-là et, pour la première fois, avait chargé les doses dans le coffre de la voiture de Shadi, les glissant une par une dans les caisses de CD pour les dissimuler, avant de tomber en prenant le volant sur un disque de Roxana qui traînait sur le tableau de bord. « C'est ça que vous chantez ? avait-il demandé d'un ton rogue. Mais ça date de la révolution ; tu n'étais même pas née quand ce disque est sorti… »

Elle l'avait senti aux abois. Et pour le défier peut-être, alors qu'ils roulaient vers l'aéroport, elle avait mis le disque dans l'autoradio et fredonné avec Roxana : *Dans un royaume où les ignorants sont rois…*

Shadi voguait au loin. Et au fur et à mesure que l'effet de l'héroïne augmentait, se diffusant dans ses veines, elle avait le sentiment d'atteindre un degré inégalé de conscience, se remémorant avec précision le passé. Elle se souvint du trac qui la tenaillait lors de sa première rencontre avec Roxana et David, persuadée qu'ils allaient percevoir son impureté malgré les mensonges dont elle s'entourait. N'était-ce pas pour cela, pour masquer sa propre déchéance, qu'elle leur avait présenté Kati ?

Nadia, se rappela Shadi, se tenait toujours à bonne distance de son amie transsexuelle.

« Mais c'est une femme enfin ! Tu peux la toucher, l'embrasser même, si tu veux, sans enfreindre les règles de la charia ! » plaisantait Roxana, avant de s'adresser à Shadi : « Tu devrais tout de même t'inscrire dans un programme de méthadone », disait-elle, prononçant méthadone avec un accent américain ostentatoire. « Ça marche très bien, tu sais, à Los Angeles. Mais dis-moi, que font tes parents exactement à Dubaï ? S'ils sont dans les affaires, je dois les connaître… »

Et Shadi revécut le moment, à Dubaï, où elle attendait que son contact vérifie que la marchandise dissimulée dans les caisses était bien là dans les quantités promises. Elle fumait en essayant son nouveau portable. Et c'est dans ce hangar obscur près de l'aéroport qu'elle avait appris la mort de ses amies par Twitter.

Puis le visage grave de Narek qui tentait de dissimuler son attirance derrière son attitude flegmatique lui apparut. Et elle revit Vladimir qui lui tendait un minuscule écrin enveloppé dans du papier cadeau. « Non, je n'ai pas besoin que tu m'offres des bijoux », disait-elle. Mais il insistait, et tandis qu'elle l'ouvrait avec un soupir, il se mit à genoux devant elle, avant de relever son T-shirt pour embrasser son ventre. Mais alors qu'elle n'était plus que sensations et souvenirs, dans son demi-sommeil, elle se retrouva subitement enserrée jusqu'à la taille dans le sable.

La jeune femme se débattait, mais ses jambes étaient immobilisées. Vladimir apparut alors dans le rêve et la remonta à la surface. « C'est important, disait-il, de revoir le soleil au moins une fois avant de mourir. » Après avoir prononcé ces mots, il détourna brusquement la tête, lâcha sa main, disparut. Shadi protesta, désespérée, seule, debout, au milieu du désert. Et la perle qu'il lui avait offerte, nichée au creux de son nombril, accrochait la lumière du jour. « C'est important, disait-il, de revoir le soleil avant de mourir. »

23

Sur écoute

Vladimir braqua sa lampe sur un paquet, puis sortit un canif de sa poche.

Un liquide brun s'écoula sur le sol. Narek tendit la main. Et l'espèce de goudron enserré dans la cellophane s'effrita comme du sucre entre ses doigts. Goudron noir, sucre brun, autrement dit de l'héroïne.

L'ancien musicien devenu trafiquant d'alcool s'approcha, lui faisant sentir son haleine chargée de nicotine.

– Je ne transporte pas de drogue, déclara-t-il. Ni opium ni héroïne. C'est trop dangereux. Je laisse ça aux inconscients, aux suicidaires, aux Afghans qui n'ont pas d'autre choix, ou à ceux qui ont des protections importantes…

Darya se glissa à côté de Mona, qui ne quittait pas le militaire des yeux tandis que celui-ci bavardait avec Reza près du buffet.

– Je ne l'ai pas invité, dit-elle. Il s'est imposé, et mon père a accepté parce que c'est un client important.

– Ghomi, un client de ton père ? s'étonna Mona.

L'ancien mari de Roxana était de plus en plus pâle et répondait par un rictus à ceux qui l'approchaient pour lui présenter leurs condoléances. Il jeta un rapide coup d'œil à Mona, qui y lut un éclair de panique.

– Il lui achète des CD par caisses pour l'exportation… C'est utile au rayonnement de la culture islamique et c'est bon pour les affaires de mon père.

Mais Darya s'interrompit. Shahla et son mari approchaient pour lui dire au revoir. Alors que les invités commençaient à se diriger vers leurs voitures, Mona eut soudain l'impression que le militaire la regardait fixement.

– Comment as-tu repéré cet endroit ? demanda Narek.

– En te suivant… Tu m'as vu d'ailleurs, n'est-ce pas, quand je t'ai doublé hier sur le chemin du désert ? répondit Vladimir, avant de se diriger vers un autre hangar dont le sol en terre battue dissimulait également une trappe.

Le sous-sol était meublé d'une table et de quelques chaises. Une porte donnant sur une autre pièce était verrouillée. Vladimir se colla contre elle en appelant Shadi, avant de tenter de forcer la serrure avec une pince. Il répétait son prénom en martelant le mur avec le poing. Sans réponse.

Impatient, Narek le relaya. Quand la serrure céda enfin, ils découvrirent une pièce faiblement éclairée par une ampoule fatiguée au-dessus des sanitaires. Un matelas élimé était posé à même le sol.

– Viens ! lui dit Vladimir. Il faut partir. On est restés ici trop longtemps déjà.

En roulant vers Ispahan, ils tombèrent sur un spectacle étonnant. Une voiture de la police iranienne avait arrêté un 4 × 4 militaire. Vladimir ralentit. Narek reconnut le véhicule aperçu devant l'entrepôt. Les policiers fouillaient deux Pasdaran qui attendaient, menottés, contre leur voiture. L'un des agents éventrait un sac d'héroïne.

Une voiture de police leur barra aussitôt la route. Abbas Velayi en sortit et leur tendit la main.

– Monsieur Djamshid, je ne pensais pas vous trouver là ! s'exclama l'inspecteur.

Mal à l'aise, Narek tourna son regard vers son compagnon.

– On a trouvé des entrepôts dont les sous-sols sont aménagés pour des interrogatoires, déclara celui-ci. Mais je ne pense pas qu'elle y soit. Je pense qu'il y en a d'autres, ailleurs…

– Nous allons tout de même les fouiller si vous le voulez bien. De votre côté, il faut continuer les recherches… commenta Velayi.

– C'est facile à dire ! éclata Vladimir. Il a déjà tué deux femmes dans l'entourage de Shadi, persuadé que vous les aviez infiltrées. Et maintenant il croit que c'est elle qui balance son réseau. Une fois qu'il aura compris que ce n'est pas le cas, il ne lui faudra pas très longtemps pour remonter jusqu'à moi…

– Il n'a aucun moyen de remonter jusqu'à vous, il ignore jusqu'à votre existence, répondit calmement Velayi. (Puis il se tourna vers Narek.) Ne vous inquiétez pas pour Shadi. S'il l'a enlevée c'est autant pour la protéger de ses complices que pour la faire parler. Et la prise que nous venons de réaliser lui confirmera que l'indic est toujours en liberté.

Narek dévisagea Vladimir, attendant une explication.

– L'inspecteur m'a recruté parce qu'il savait que je fréquentais Shadi. Quand je lui ai appris qu'elle participait au projet de David, il m'a trouvé un gîte isolé pour les musiciens. Tu l'as visité, je crois… Il est truffé de micros.

– Aussi, précisa Velayi, quand Shadi, par précaution, a préféré jouer dans un vieux théâtre abandonné, nous avons demandé à monsieur Mourad de trouver un autre moyen d'assurer les écoutes.

– J'ai déplacé les mouchards. Et comme l'inspecteur m'a fourni un matériel hautement sophistiqué, j'ai pu en poser dans les instruments de Shadi pour que les micros la suivent un peu partout.

– Vous saviez que Shadi faisait la mule ?

– Elle ne faisait pas vraiment la mule. La drogue transitait de son côté par fret aérien dissimulée avec les marchandises que vous avez vues. Elle se contentait de s'assurer sur place que tout s'était bien déroulé et que les contacts iraniens de Dubaï les avaient bien reçues…

– Vous voulez dire…

– Elle servait de garantie aux acheteurs, qui avaient viré des avances considérables sur les comptes opaques de son protecteur.

– Pour des transactions aussi coûteuses, il leur envoyait quelqu'un dont ils savaient qu'elle lui était très chère, précisa Vladimir. En même temps, il ne prenait pas le risque de la faire arrêter avec de la drogue sur elle.

– Pour autant, mes collègues de Dubaï avaient repéré ses déplacements. Je leur ai demandé de ne pas l'interroger, car j'espérais bien, en la surveillant, remonter plus haut… Et nous avons pu en effet rapidement enregistrer une conversation qui a eu lieu dans la voiture du Violoncelliste entre lui et ses têtes de réseau. Elle nous a permis de réaliser une première prise importante. Je me doutais alors qu'il y aurait des représailles, expliqua Velayi. Mais je n'ai pas tout de suite compris le lien avec la mort des chanteuses. C'est seulement en repassant les bandes enregistrées dans la villa de Shadi…

– Attendez, réagit Narek, il y avait des micros chez elle ? Et vous avez laissé le Violoncelliste l'emmener ?

– Je t'ai déjà expliqué que les micros étaient uniquement dans ses instruments, répondit Vladimir. C'était plus prudent, mais la surveillance exercée était intermittente.

– En outre, le Violoncelliste avait installé chez Shadi son propre système, poursuivit Velayi. Nous l'avons découvert en fouillant la villa après l'enlèvement. Nos recherches sur les numéros de Nadia et Roxana nous ont par ailleurs révélé que leurs communications étaient surveillées, et cela depuis plusieurs jours déjà par l'homme que nous voulons atteindre…

– Mais qui est cet homme pour avoir accès à vos systèmes ?

– Le même qui a donné l'ordre de démolition du vieux théâtre.

– C'est donc un cadre de la République islamique ?

Velayi noya le poisson.

– Il s'agit d'un grand paranoïaque, comme vous l'a expliqué Marjan. Le fait que les chanteuses interrogent Shadi avec insistance sur ses voyages à Dubaï la veille d'un coup de filet l'a fortement alerté.

– Si vous connaissez son identité, pourquoi ne l'arrêtez-vous pas ?

– Ce n'est pas si simple… Je pense toutefois qu'il a bien compris aujourd'hui que je l'ai identifié, ajouta Velayi. Et tant qu'il cherche à savoir comment j'y suis parvenu, il la garde en vie pour l'interroger.

– C'est moi qu'ils cherchent depuis le début, lâcha alors Vladimir. Et ils vont finir par me trouver. À moins, bien sûr, que je ne quitte le pays. Il est temps peut-être, vous ne croyez pas, inspecteur Velayi, que vous teniez votre promesse à ce sujet.

Tout en écoutant d'une oreille distraite les explications qui suivirent entre le policier et son indicateur, le journaliste revoyait le sous-sol du hangar, le matelas élimé et cette chaise qui devaient servir aux interrogatoires. La jeune fille était probablement dans un cachot semblable, en un autre lieu. Mais où ?

– Ne crois pas que je l'ai laissée sans défense… lui déclara ensuite Vladimir en posant sa main sur son épaule.

Narek se dégagea et parcourut du regard les étendues de sable.

24

Par amour pour elle

– J'ai trouvé les micros, enfin ! Ils se déplaçaient avec tes instruments… C'est assez malin, je comprends pourquoi je ne les avais pas repérés avant. J'ai pourtant cherché, tu sais. Comme tu étais l'une des seules, avec ceux qui sont tombés, à connaître le point exact d'approvisionnement, j'ai cru que tu avais parlé à ces femmes qui ne cessaient de te questionner. Souviens-toi, j'avais tout organisé au téléphone alors que tu tenais ta guitare entre tes jambes dans ma voiture… dit-il en posant sa main sur sa cuisse.

Elle recula sa jambe sous l'effet d'un réflexe de peur incontrôlée.

S'il avait tué Roxana et Nadia, disait-il, c'était par amour pour elle. Parce que ses amis étaient persuadés que la fuite venait de son côté et qu'il ne pouvait croire qu'elle l'avait trahi. En même temps, il savait bien au fond qu'elles étaient peut-être innocentes. Et en effet les arrestations continuaient, et l'inspecteur Velayi, il en était certain, savait qui il était.

Aussi n'avait-il eu d'autre choix que de la faire disparaître, ne serait-ce que pour conserver la loyauté de ses hommes.

– C'est forcément quelqu'un que tu connais qui nous surveille…

Et il enroula soigneusement un foulard autour de son poing. Ses mains, se dit-elle, étaient comme des pierres.

Elle ferma les yeux.

Et eut le sentiment, en recevant le premier coup, que sa tête allait éclater en morceaux.

– Qui a posé les micros ? À qui m'as-tu vendu, dis-moi, à qui ? répétait-il d'une voix morne. Tu as couché avec lui ? C'est un de tes amants, avoue !

Avant de partir, il lui laissa une dose qu'elle s'injecta aussitôt, afin de calmer son corps endolori et les tremblements qui l'agitaient.

Shadi s'allongea sur le matelas, tenant la seringue dans sa main. Pouvait-elle se défendre avec une arme aussi dérisoire ?

Quand il ne faisait pas hurler la radio dans la pièce d'à côté, elle pouvait entendre l'écho de chacun de ses gestes : une planche déplacée quelque part au-dessus de sa tête, puis ses pas dans l'escalier, et enfin le cadenas qu'il ouvrait avec une clé.

« C'est ton amant ? Avoue ! C'est lui n'est-ce pas ? Qui est-ce ? C'est un étranger ? Il a un accent, je l'ai entendu chez toi… D'où vient-il ? C'est un policier ? Il travaille pour Interpol ? Parle ! », avait-il répété plus d'une vingtaine de fois, avant de se raviser soudain, prononçant ces paroles incompréhensibles : « À moins que ce ne soit cette femme… Celle que ton amie est allée voir dans son dispensaire… »

25

Tulipes sur fond d'écran

La chanson de Roxana ne la quittait plus depuis six jours, aussi quand les premières notes s'insinuèrent dans un coin de son esprit, Mona les ignora. Elle discutait avec David dans la cour de son immeuble et ne souhaitait pas à cet instant être troublée par le refrain entêtant. Ce n'est donc qu'au bout de quelques minutes qu'elle réalisa que celui-ci venait de chez elle. Elle s'interrompit brutalement et monta les escaliers à toute vitesse.

Son cœur s'emballa en reconnaissant la mélodie et ses paroles prémonitoires. Elle ouvrit la porte, ignorant les questions de David, et s'arrêta dans l'entrée. La chanson emplissait de nouveau son appartement, provenant cette fois-ci de la chambre de sa fille.

– Ce n'est pas la première fois qu'on pénètre chez moi en mon absence. J'ai cru au départ que c'était la femme de ménage, mais là, dit-elle en montrant l'ordinateur, je doute que ce soit son œuvre…

Dès qu'elle s'empara de la souris, la musique s'interrompit, et un champ de tulipes rouges apparut sur l'écran.

– Tu devrais contacter l'inspecteur Velayi, suggéra David. Le Français qui habite chez moi le connaît bien…

– Moi aussi, je le connais, je l'ai vu rafler des jeunes que j'essaie d'aider avec mes maigres moyens ! Vérifions d'abord, dit-elle en s'accrochant à cet espoir, que ma fille n'a rien à voir avec tout ça.

Leyli s'affola en voyant sa mère si pâle, puis la suivit jusqu'à sa chambre en débitant à toute vitesse :

– Mais Maman, j'étais à côté en train de faire mes devoirs. Madame Azimi peut le confirmer, je ne suis pas sortie de la matinée ! C'est toi qui n'as pas voulu que je vienne à l'enterrement pour je ne sais quelle raison, dit-elle en toisant David d'un air énervé. De toute façon, jamais je n'aurais mis *ça* sur mon ordinateur !

Tandis que l'adolescente rétablissait la photo du crooner Mansour en fond d'écran, Mona se demandait s'il fallait prévenir la police. Si quelqu'un avait pénétré par deux fois chez elles en leur absence, il valait mieux se placer sous la protection des forces de l'ordre. Mais le souvenir de son mari qui se rendait, serein, au commissariat d'Ispahan treize ans auparavant lui revint aussitôt en mémoire.

– Il y a peut-être une explication toute bête, intervint madame Azimi arrivée entre-temps, alertée par l'agitation. La femme de ménage est passée ce matin…

– C'est Touska, j'en suis sûre ! s'exclama l'adolescente. Elle lorgne mon ordinateur chaque fois qu'elle vient avec sa grand-mère !

– Leyli, ma chérie, ça ne se fait pas d'accuser sans preuve ! Et d'ailleurs, madame Zafran est déjà passée cette semaine…

Pourtant, force était de constater que le sol était de nouveau étincelant de propreté.

– Madame Zafran est aussi venue deux fois chez nous cette semaine, insista la voisine. Sa fille est enceinte, et elle craint de ne plus être disponible dans les jours qui viennent. Et il me semble bien l'avoir entendue gronder la petite Touska dans l'escalier à cause d'un ordinateur…

Leyli lança un regard triomphant à sa mère. David semblait déjà plus détendu. Mais Mona n'osait y croire. Aussi prit-elle son téléphone pour appeler la femme de ménage.

– C'est vous docteur Shirazi ? Comment avez-vous appris la nouvelle ?

– La nouvelle ? Quelle nouvelle ?

– Ça y est ! Ça s'est passé, aujourd'hui même, à la maison !

Mona ne mit qu'un court instant à comprendre avant de demander :

– C'est une fille ou un garçon ?

– Une fille, malheureusement… Dieu n'a pas voulu nous donner un fils. Mais elle est magnifique, si vous la voyiez ! Une perle de Dieu… On la mariera facilement. Mais il faut absolument que vous veniez l'examiner ! Ma fille l'a tout de même eue à trente-quatre ans… Vous imaginez ?

– Et Touska, enchaîna Mona, comment réagit-elle à la naissance de sa sœur ?

– Touska ? Au fait, j'espère qu'elle n'a pas laissé trop de chantier dans la chambre de Leyli ! Pendant que j'avais le dos tourné, elle s'est mise à jouer avec l'ordinateur. On était bien embarrassées après, car elle ne savait plus l'éteindre !

– Il n'y a pas de problème, répondit Mona, soulagée. Et toutes mes félicitations, madame Zafran, à vous et à toute la famille !

Le lendemain, Mona ne parvenait toujours pas à chasser le malaise qui la tenaillait. Elle avait essayé de se persuader que non, ce n'était pas un tueur qui avait pénétré chez elles. La femme de ménage avait simplement fait du zèle en venant deux fois dans la même semaine. Elle se changea dans son bureau, plongée dans ses pensées, et parcourut son agenda des yeux, avant de se diriger vers la nuée de femmes qui papotaient devant le samovar, au dispensaire.

– La rivière est toujours à sec… ça va faire plus de six mois ! J'ai entendu dire que c'est pour alimenter les industries détenues par les gardiens de la Révolution. Tsss, tsss, tsss, quel scandale !

Mais Mona ne parvenait pas à se concentrer sur la conversation. Qu'est-ce qui avait pu inspirer cette mise en scène à Touska ? se demandait-elle, regrettant de ne pas l'avoir directement interrogée.

Et elle quitta précipitamment les lieux, ignorant les protestations de ses patientes dans la salle d'attente.

Madame Zafran était une petite femme sèche qui avait l'habitude de nouer son foulard très serré sous son tchador qu'elle enroulait plusieurs fois autour de ses épaules. Elle accueillit Mona avec surprise en lui annonçant que la maman faisait la sieste, ainsi que le bébé. Elle la mena néanmoins vers le nouveau-né. L'enfant dormait à poings fermés, ses mains gracieusement croisées sur sa poitrine.

– C'est très aimable de votre part, docteur Shirazi, de venir nous rendre visite, chuchota-t-elle dans la chambre.

– Tout le plaisir est pour moi, répondit Mona qui se sentait plus détendue à la vue de cette enfant.

– C'est une fille. Alors elle pleure tout le temps, précisa la vieille femme. Je me souviens de mon fils aîné… il ne pleurait jamais et il a fait ses nuits à deux semaines…

– À deux semaines ? Vous êtes sûre ? Il devait être malade…

Madame Zafran la regarda, interloquée, avant de rajuster son tchador.

– Il faudrait qu'on quitte sa chambre, fit-elle d'une voix forte, on va la réveiller ! Elle ne dort plus, vous voyez ! s'exclama-t-elle, achevant de la tirer de son sommeil.

Le bébé se mit à couiner. Mais au lieu de la prendre dans ses bras, madame Zafran se mit à seriner :

– Pourquoi tu pleures Parvaneh ? Pourquoi, hein ? Le docteur Shirazi est là. Elle est venue exprès pour vérifier que tu es bien normale. Parce que ta mère t'a eue bien tard, tu sais, à trente-quatre ans !

Alertée par les pleurs, sa mère entra dans la chambre, vêtue d'une robe de chambre.

L'enfant se tut aussitôt, rassurée par la voix maternelle.

Madame Zafran prit alors un mouchoir et pinça sans ménagement le nez du nourrisson, provoquant de nouveaux hurlements.

– Vous voyez, c'est une fille, elle pleure tout le temps ! dit-elle d'un air triomphal.

Mona l'écarta et prit le bébé dans ses bras, une petite boule familière de chaleur et de bonnes odeurs. À son contact, la petite se calma instantanément.

– Où est Touska ? demanda-t-elle enfin.

– Ah, cette petite canaille, je vais vous la chercher ! s'exclama la grand-mère.

Mona rendit le bébé à sa mère :

– Elle est magnifique, j'ai rarement vu un enfant aussi calme.

Touska souriait timidement à la porte de la chambre.

– Tu vas nous dire, espèce de chipie, pourquoi tu as touché à cet ordinateur ? fit sa grand-mère d'un air sévère.

– Mais ce n'était pas mon idée ! lâcha la gamine. C'est ce gardien de la Révolution qui m'a demandé de le faire ! Il m'a donné la chanson, dit-elle en sortant une clé USB de sa poche, mais aussi les images à mettre sur l'écran. Il m'a assuré que ça vous plairait beaucoup et m'a proposé cinquante tomans en échange !

Fonçant à travers la ville au volant de sa voiture, Mona se maudissait d'avoir été si légère. Comment avait-elle pu se fourvoyer ainsi ?

– Oui, un problème d'ordre familial, absolument ! expliqua Mona à la proviseure en récupérant sa fille.

Elle ne répondit ensuite à aucune des questions insistantes de Leyli.

– Mais qu'est-ce qui se passe enfin ! Je croyais que je ne devais rater les cours sous aucun prétexte…

– Je t'expliquerai tout en temps et en heure, ma fille.

– « Ne pose pas de questions », « on verra plus tard »… C'est toujours la même musique… fit Leyli. Exactement comme quand il s'agit de mon père…

Et Mona sentit un poids s'abattre sur ses épaules. Comment lui dire ? Comment lui expliquer qu'elle ne savait pas elle non plus ce qu'était devenu son père, qu'il avait simplement disparu bien des années auparavant, après s'être rendu à une convocation sans motif précis à la police ? Était-il nécessaire de lui parler de son départ, le lendemain matin, en toute sérénité ; et ce baiser qu'il avait déposé sur le front de sa fille… Était-il mort vraiment ? Mona n'en avait pas la certitude. Mais il était préférable, après cette disparition qui l'avait éloignée d'Ispahan pendant de longues années, de penser qu'il n'était plus de ce monde. Fallait-il maintenant expliquer tout cela à sa fille, faire naître en elle de faux espoirs qui allaient la tourmenter ?

Mona ralentit en s'enfonçant dans le quartier de Djolfa.

– C'est qui ce gars si bien habillé ? demanda Leyli en voyant David venir à leur rencontre. C'était avec lui tous tes mystérieux rendez-vous ? C'est ton fiancé ?

– Non, ma chérie, ce n'est pas mon fiancé, répondit-elle avant de lui ouvrir la portière.

En même temps, elle consulta son portable où elle découvrit un message de l'inspecteur Velayi.

– Tu devrais contacter le policier dont je t'ai parlé, lui recommanda David, il paraît que c'est un policier honnête.

– Je vais le faire, dit-elle, je vais le faire…

Et Mona laissa sa fille avec le musicien.

26

Une arme dérisoire

Maintenant, des hommes parlaient dans la pièce d'à côté. Combien étaient-ils ? Impossible de le savoir, mais leur présence représentait une menace, elle en était persuadée. Shadi distinguait cependant la voix du Violoncelliste, qui la rassurait malgré elle. Il protesta, haussa le ton, et prononça par deux fois son prénom.

Shadi regagna la banquette, et observa la seringue qu'elle tenait entre les mains. À quoi pouvait-elle bien lui servir face à des adversaires en nombre ?

La porte s'ouvrit. Shadi dissimula la seringue derrière le matelas. Le général Ghomi entra dans la pièce, vêtu de son uniforme, se mit à genoux devant elle, lui prit la main et y posa son visage, raclant sa peau avec sa barbe.

– Je suis désolée ma chérie. J'ai fait tout ce que j'ai pu pour te sauver…

Shadi observa alors celui qu'elle avait surnommé le Violoncelliste, parce qu'il lui avait confié un jour, peu après leur rencontre, qu'il rêvait d'être musicien lui aussi et de jouer du violoncelle.

Quatre hommes vêtus de noir pénétrèrent dans la pièce. L'un d'eux lui sembla familier, mais il ne faisait pas partie des Iraniens qui réceptionnaient la marchandise à Dubaï. Il était barbu, corpulent, et portait d'épaisses lunettes en écaille.

– Qu'est-ce que tu attends pour la tuer? demanda-t-il à Ghomi.

– Je veux savoir qui est l'indic qui nous balance…

– C'est forcément ce pianiste, David. Je te le répète depuis dix jours…

– Je ne crois pas, il était à Berlin depuis plusieurs jours quand les premières arrestations ont commencé. Je pense plutôt que c'est cet étranger qui est venu chez Shadi. Il semble qu'il habite chez David.

– Et la sage-femme?

– Depuis une semaine, je la surveille, je l'intimide. Elle ne réagit pas. Je pense qu'elle ne sait rien.

– Le plus urgent, intervint l'homme au visage familier en désignant Shadi, est de se débarrasser de cette fille.

Elle observa ses lunettes, sa barbe. Il ressemblait étrangement à l'un des religieux qui dirigeaient la prière du vendredi…

– Ça, je m'en occupe! répondit Ghomi. Et cet Européen?

– L'un de nos hommes, lâcha l'homme aux lunettes en écaille, est déjà chez David.

27

Sous surveillance

Vêtue de son éternel foulard drapé, la profileuse fit entrer Narek dans le laboratoire chargé de la surveillance des télécommunications. Une vingtaine d'hommes et trois femmes étaient assis, les yeux rivés sur des écrans striés de diagonales. Narek s'approcha d'une jeune femme voilée d'un long tchador, placée devant l'ordinateur le plus proche. Munie d'oreillettes, elle surlignait une liste de termes « antirévolutionnaires » sur une feuille. Mal à l'aise, le journaliste observa le cœur du système répressif iranien, remarquant que la police, contrairement aux particuliers, était équipée en très haut débit. Puis il se tourna vers Marjan Salameh.

– Vladimir m'a parlé d'un mouchard…

– Shadi Soltani a un piercing dans le nombril. À notre demande, Vladimir Mourad lui a offert une perle dans laquelle nous avions dissimulé une puce. Ce n'est pas un micro, c'est un émetteur, mais on n'est pas sûrs qu'elle le portait au moment de son enlèvement…

– Vous ne l'avez pas retrouvée chez elle ?

– Non, mais on n'arrive pas non plus à la repérer par nos moyens habituels de géolocalisation, dit-elle en désignant sur le mur la carte électronique qui surplombait les bureaux, représentant Ispahan et ses environs. Shadi se trouve peut-être dans un sous-sol.

— Vous m'avez bien dit que vous contrôliez les téléphones cellulaires par tracé satellitaire. Ne peut-on faire de même avec le portable de Ghomi ?

— Impossible de le localiser, pour l'instant. Il est très prudent et connaît nos systèmes par cœur…

Quand Mona se gara devant les locaux de la police d'Ispahan, elle fut extrêmement surprise de reconnaître la Range Rover de Reza. Elle appela aussitôt Darya.

Celle-ci lui expliqua que son père avait été convoqué avec d'autres producteurs de disques et de DVD sans qu'elle sache pourquoi. En pénétrant dans le bureau de Velayi, Mona l'aperçut, très pâle, qui répondait aux questions du policier.

— Des hangars avec des sous-sols aménagés, dites-vous ? Non, je stocke tout en centre-ville. Après, je ne sais pas ce que font les Pasdaran des produits que je leur livre…

— Vous n'avez aucune idée du lieu où ils retiennent Shadi Soltani ? demanda Velayi avant de faire signe à Mona de prendre un siège.

— Non, aucune, répondit Reza en secouant la tête. Je ne savais pas qu'ils utilisaient mes cassettes pour exporter de la drogue. Vous savez, moi, je vends ma musique, les acheteurs en font ce qu'ils veulent ! Et quand ils en commandent une vingtaine de caisses, eh bien je me réjouis pour le rayonnement révolution-naire ! Pouvez-vous me dire maintenant pourquoi Ghomi m'a posé toutes ces questions sur Mona Shirazi ? dit-il en la désignant. C'était bien la première fois, hier, qu'il s'intéressait aux fréquentations de ma femme…

– Ghomi t'a interrogé sur moi ?

– Il était aussi très intéressé par votre ami le pianiste arménien…

– David ? Que lui as-tu dit sur David ? s'affola Mona.

Son portable sonna à cet instant.

– Maman, il y a la police chez David. Il paraît que c'est pour le protéger de la mafia…

Depuis un quart d'heure, il faisait les cent pas devant la porte tel un fauve en cage. Aussi décida-t-elle de s'approcher doucement, la seringue derrière son dos.

Il pointa aussitôt son arme vers elle.

– Donne-moi ce que tu as dans la main. C'est ridicule, tu ne fais pas le poids.

Le ton parfaitement égal sur lequel il avait prononcé ces paroles n'augurait rien de bon. Mais Shadi fit de nouveau un pas dans sa direction, luttant contre le souvenir des blessures qu'il lui avait infligées. Elle savait que ce serait difficile pour lui de l'éliminer, il était aussi dépendant d'elle qu'elle l'avait été de lui. Tout près de lui à présent, elle pouvait sentir le canon de son pistolet contre sa poitrine. Ghomi posa sa joue contre la sienne et caressa son visage avec le sien.

Shadi leva le bras, visa son œil, mais ne réussit qu'à lui érafler la joue. Il se recula à peine, et une goutte de sang perla sous sa paupière tandis qu'il immobilisait sa main, faisant tomber la seringue sur le sol.

– C'est ridicule, répéta-t-il en retirant la sécurité du pistolet. Arrête.

Lui répondre. Très vite. Ne pas couper le lien de la parole.

– J'aimerais sortir. J'aimerais voir le soleil une dernière fois. À moins que ce ne soit la lune ? Je ne sais même plus s'il fait jour ou s'il fait nuit, déclara Shadi d'une voix enrouée qu'elle eut du mal à reconnaître comme la sienne.

Mais l'oppression qu'elle ressentit dehors entre le sable et le soleil lui rappela la sensation d'étouffement qu'elle éprouvait, petite, au moment des commémorations de l'Ashura. Shadi observait alors les hommes dans la procession avec un mélange de fascination et de crainte. Ils étaient nombreux dans les rues de son quartier, scandant le nom du martyr chiite Hossein. Les plus pieux se frappaient la poitrine du poing ou bien encore du plat de leur sabre de cérémonie. Son père y participait, revenant le soir, épuisé, en sueur.

Le voisin, un célibataire étrange qui ne cessait de la regarder, était également dans la procession. Un jour, celui-ci s'était ouvert le crâne en se frappant sans s'en rendre compte du tranchant de la lame. Shadi l'avait vu revenir en sang, marqué à vie par la pénitence qu'il s'était infligée. Chaque fois qu'elle passait devant chez lui, il la suivait toujours des yeux, avec cette cicatrice sur le front. Aussi Shadi, désormais adolescente, le surveillait-elle attentivement.

Sa mère qui avait surpris son regard un jour l'avait accusée de concupiscence.

« Ce n'est pas moi, c'est lui ! » avait voulu répliquer la jeune fille. Mais elle n'avait rien dit car elle réalisait maintenant qu'elle était troublée par le regard de cet homme dont l'apparence inquiétante semblait recéler d'immenses possibilités de déchéance secrète.

– On peut redescendre, dit Shadi, soudain résignée.

– Tu es sûre ? dit-il. On peut encore attendre.

La jeune fille leva les yeux, croyant entendre un léger bourdonnement, comme celui d'un hélicoptère qui approchait.

Elle scruta l'horizon, en vain. Ce n'était probablement que le bruit de son sang dans ses tempes.

« Tu vas brûler en Enfer, lui disait son amie Nadia.

– N'importe quoi ! rétorquait Roxana. Et tu crois que tous les accros à la nicotine sont aussi candidats pour l'Enfer ? Mais tu devrais tout de même aller voir mon amie Mona Shirazi, Shadi. Tu sais, elle pourra t'inscrire dans un programme de méthadone… » avait-elle ajouté, prononçant *méthadone* avec un accent américain.

Puis elle avait repris ses questions : « Mais il faudra quand même que tu m'expliques un jour ce que tu fabriques à Dubaï… »

– On peut redescendre, répéta Shadi. J'ai assez vu le soleil.

De retour dans la pièce en sous-sol, Ghomi pointa son arme contre son dos. Elle se tourna, lui faisant face. Malgré l'effet de la drogue qui déclinait, son corps ne tremblait pas.

– Le monde est peuplé de martyrs innocents, dit-il. Je ne sais pas si Allah saura distinguer la pureté qui est encore en toi. Mais si c'est le cas, tu iras les rejoindre au Paradis.

En réponse, Shadi éclata de rire. Et même si son rire sonnait faux, même si l'angoisse pesait sur son souffle, oppressant sa poitrine, elle se sentit soudain plus sûre d'elle et posa sa main sur le pistolet pour repousser son canon. Étonné, il hésita, puis l'enfonça de nouveau dans sa chair, ôtant la sécurité avec un petit claquement.

– Au revoir, ma belle, dit-il…

Au moment où il prononçait ces mots, la porte céda brutalement. Shadi tenta de tourner son arme contre lui et eut le sentiment qu'il se laissait faire.

Le coup partit.

Ghomi s'effondra dans un cri. Les policiers hésitèrent un instant, avant d'appuyer avec leurs mains sur sa plaie qui saignait abondamment.

Tandis qu'on la prenait par les épaules pour la faire sortir de la pièce, Shadi reconnut l'inspecteur Velayi. Penché vers le général Ghomi, il lui expliquait qu'il était arrêté pour meurtre, enlèvement et trafic de drogue.

– Des charges, précisa-t-il, qui relèvent toutes trois de la peine de mort.

Dehors, Narek Djamshid sortit d'un véhicule de police et vint à sa rencontre. Il tenta de la prendre dans ses bras mais elle recula aussitôt dans un mouvement incontrôlé.

28

Un nouveau refrain

En revenant ce matin-là au dispensaire, Mona ressentait une sourde inquiétude. Cela faisait deux jours que personne n'avait de nouvelles de Velayi et l'affaire Ghomi semblait en passe d'être étouffée. Elle examina la salle d'attente. La secrétaire répondait au téléphone derrière le guichet, et le siège devant l'affiche officielle était inoccupé.

Mona gagna son bureau en saluant à peine ses collègues, s'enferma de longues minutes, avant d'accueillir sa première patiente. Ce jour-là, la sage-femme recevait à une heure d'intervalle les deux épouses d'un certain Kermani, un homme qui avait eu la mauvaise idée de devenir polygame après que la révolution eut autorisé cette pratique.

Chaque fois qu'elle croisait l'une ou l'autre de ses femmes, celle-ci lui détaillait la guerre de tranchées au sein de leur foyer. Il s'agissait d'un conflit impitoyable, où chaque objet malencontreusement déplacé pouvait provoquer la reprise des hostilités. Les victimes collatérales de ce conflit domestique étaient les enfants, en particulier les fils, constamment placés en rivalité, tandis que le mari était sous le feu des tirs croisés.

Mais que lui avait-il pris, à ce pauvre inconscient, de prendre une seconde femme ? se demandait Mona en écoutant sa patiente.

– Il lui a dit qu'elle avait bonne mine ! Il lui a déclaré cela devant moi alors qu'on s'apprêtait à passer à table ! Qu'il veuille une épouse plus jeune, pourquoi pas ? Après tout, la loi de notre pays l'y autorise. Qu'on soit ainsi devenus la risée des voisins, passe encore. Mais a-t-il besoin de complimenter cette fille en ma présence ? Figurez-vous que je préparais ce soir-là un *abgousht* succulent… Savez-vous que monsieur mon cher mari est allergique aux oignons ? C'est embêtant de cuisiner sans oignon, très embêtant… L'agneau n'a pas la même saveur vous comprenez. Alors, habituellement, je fais deux casseroles, une petite pour lui et moi, un peu plus pimentée, et une autre pour le reste de la famille. Mais cette fois-ci, je ne sais pas ce qui s'est passé, je me suis trompée ! Il est réellement allergique vous savez ? Sa mère, Dieu préserve son âme, ne m'avait pas menti. Sa langue a enflé dans sa bouche comme si elle allait l'étouffer. On a dû l'emmener d'urgence à l'hôpital…

Mona souriait encore au récit de cette femme qui avait essayé de tuer son mari avec des oignons, quand elle reçut un appel de l'inspecteur Velayi.

– Alors tu pars ? demanda Shadi d'une voix atone, tout en débarrassant les verres à thé.

Narek l'observa sans rien dire tandis qu'elle parcourait son nouvel appartement de la place Naghsh-e Jahan. Elle s'était coupé les cheveux très court, presque ras, une coiffure qui accentuait son allure fragile.

Après l'arrestation de Ghomi, une semaine auparavant, l'inspecteur Velayi avait posté des policiers devant sa porte. Mais Narek, qui n'arrivait plus à joindre l'enquêteur depuis deux jours, se demandait si les hommes censés défendre Shadi n'avaient pas désormais pour mission de la surveiller. Sa condition de témoin protégé lui rappelait en effet bizarrement une résidence surveillée.

– Alors tu pars ? répéta-t-elle, avant d'esquisser – à peine – un geste de découragement.

Narek, le cœur en berne, ne répondit rien. Il devait quitter le pays depuis six jours déjà et n'avait eu de cesse de reporter son départ. Maleki, de l'Orientation islamique, lui avait pourtant clairement signifié qu'il ne pouvait plus rester en Iran. Et l'ambassadeur de France à Téhéran en personne l'avait contacté pour lui demander d'obtempérer. Ses articles parus dans les quotidiens français sur les assassinats d'Ispahan avaient profondément déplu aux autorités. En particulier, lui avait-on expliqué, le passage sur « les gardiens de la Révolution qui trempaient dans le trafic de drogue »…

Malgré la reprise de ses papiers par de nombreux blogs clandestins, pas un mot n'avait filtré depuis huit jours dans la presse officielle iranienne. Et l'Afghan injustement accusé était toujours en prison. Aussi, Narek doutait que le général Ghomi ne passe jamais en jugement.

– Mona viendra te voir tout à l'heure, dit-il en effleurant sa joue d'un baiser. Elle m'a promis de passer tous les jours. Et l'ambassade m'a assuré qu'ils te délivreraient très vite un visa pour la France.

– J'en suis certaine, ne t'inquiète donc pas, tout ira bien pour moi, répondit-elle en le raccompagnant.

Un taxi l'attendait en bas. Le journaliste jeta un dernier coup d'œil vers la fenêtre, dont les rideaux étaient tirés en pleine journée. Comment pouvait-il la laisser alors que les hommes devant sa porte avaient peut-être l'ordre de la tuer ? Mais le conducteur chargeait déjà sa valise dans le coffre.

Une heure plus tard, Mona saluait les deux policiers en faction, les jaugeant de la tête aux pieds. Étaient-ce les mêmes que la veille ? Ceux qui, lors de la première visite, avaient tenté en vain de lui confisquer la méthadone qu'elle apportait à Shadi ? Elle avait aussitôt évoqué la directive de l'ayatollah Shahroudi, les remettant à leur place. Que dissimulait désormais leur amabilité apparente ? L'un d'eux avertit la jeune fille de son arrivée, tandis que l'autre regardait au loin. Étaient-ils au courant des derniers événements ? Quels ordres, dans ce cas, avaient-ils reçus ? se demanda-t-elle, inquiète.

Velayi lui avait en effet appris la libération sous caution du général Ghomi. L'inspecteur, quant à lui, avait été muté au Baloutchistan avec sa collègue profileuse, contrée lointaine de l'Iran où le travail de policier pouvait se révéler extrêmement dangereux.

– Mona, comment allez-vous ? lui dit Shadi en l'accueillant, les cheveux couverts d'un long foulard blanc. Voulez-vous un siège ? ajouta-t-elle en la prenant par le bras. Vous m'avez l'air fatigué…

– J'ai reçu plusieurs nouvelles alarmantes, répondit Mona, étonnée par tant de sollicitude. Je suis venue te prévenir…

– Ghomi a été libéré, je sais, l'interrompit Shadi en croisant son foulard sur son cou.

Mona la regarda, elle était étrangement sereine.

La jeune femme ôta enfin son voile, révélant ses cheveux courts, et désigna son ordinateur :

– Les nouvelles vont vite… dit-elle. Si vite que vous n'avez pas encore appris la mort de Ghomi je suppose.

– Mais il vient d'être libéré… C'est Velayi lui-même…

– Il n'a jamais été arrêté, corrigea Shadi, répétant la version officielle des faits. Puis elle ajouta : Et il est mort dans un accident de voiture alors qu'il visitait le barrage du Zayandeh rud.

Mona resta interdite avant de comprendre :

– Ils l'ont liquidé pour étouffer l'affaire…

– Vous devriez tout de même vous asseoir quelques instants, ajouta Shadi en lui désignant la chaise devant son bureau. J'ai quelque chose à vous montrer.

– Au sujet de Ghomi ?

– Non, rien à voir ! Mais asseyez-vous donc, ma sœur, je vous en prie…

– Depuis quand m'appelles-tu « ma sœur » ? demanda Mona, agacée. Et je t'ai dit mille fois que tu pouvais me tutoyer !

Shadi, hésita, comme prise en faute.

– Venons-en au fait ! s'impatienta Mona.

– Vous savez qu'après la visite que vous m'avez rendue avec votre fille le week-end dernier, je suis devenue amie avec Leyli sur Facebook… lança Shadi en allumant son ordinateur.

Mona, en effet, n'avait pas réussi à faire garder sa fille ce jour-là et avait décidé de lui présenter celle qu'on appelait « la troisième chanteuse » sur les réseaux sociaux clandestins, bruissant, loin du silence officiel, de la véritable histoire du tueur d'Ispahan.

Lors de cette visite elle avait d'ailleurs vu Shadi s'animer au contact de l'adolescente, comme si l'insouciance de sa fille lui restituait un peu la sienne.

La sage-femme découvrit alors l'image en plein écran, et accepta la chaise que lui proposait Shadi.

Elles avaient enlevé leurs voiles.

Elles avaient retiré leurs foulards dans la rue, pris une photo de leur exploit et mis celle-ci sur Internet. On reconnaissait parfaitement chacune d'entre elles, vêtues de leurs uniformes scolaires. La joyeuse troupe s'était installée devant une affiche révolutionnaire vantant le port du *hedjab* qui protégeait l'honneur des femmes. Leyli était au premier rang, assise entre deux de ses amies, épaule contre épaule. Plus que les autres, sa fille arborait un air ironique et rebelle.

Mona quitta l'appartement de Shadi très en colère. Quelle inconscience ! Leyli avait toujours été incontrôlable. Elle tenait probablement cela de ses parents. Déjà, à l'école, à peine âgée de cinq ans, quand la maîtresse lui avait demandé pourquoi il fallait porter le voile, elle avait omis de réciter le discours officiel sur la pudeur féminine et avait répondu que c'était pour éviter d'être arrêtée par les milices…

Cette fois Leyli allait l'entendre ! Et si la police tombait sur la photo ? Croyait-elle que les mollahs n'avaient pas Internet ?

Mais alors qu'elle se hâtait vers sa voiture, Mona remarqua une petite fille qui chantait, assise en bordure d'une des pelouses de l'esplanade.

La plupart des gens la dépassaient sans la voir, quelques-uns s'attardaient pour lui donner une pièce. Elle chantait plutôt faux, mais hurlait les paroles avec joie, s'accompagnant d'un petit accordéon grinçant : *Je suis ta Leyli, tu es mon Majnoun...* Ses cheveux étaient recouverts d'un foulard de couleur claire et quand elle souriait, on voyait un espace entre ses dents.

Mona passa son chemin et tandis qu'elle mettait la clé dans le contact, elle réalisa soudain qu'elle avait une nouvelle chanson dans la tête.

Ce n'était plus le refrain entêtant de Roxana. C'était la voix discordante de cette petite qui chantait à tue-tête, sur la place Naghsh-e Jahan.

Termes en persan et en arménien, personnalités citées

Alaei (Arash et Kamiar) : les frères Alaei sont deux médecins iraniens détenus sans inculpation depuis 2008 par la République islamique. Spécialistes de a prévention et de la prise en charge du VIH, ils ont travaillé durant près de dix ans sur des programmes de prévention et de soins en Iran, en particulier sur la réduction des risques chez les consommateurs de drogues injectables. Ils avaient même gagné le soutien de l'État avant d'être arrêtés subitement.

Ali : gendre de Mahomet. Les chiites, majoritaires en Iran, le considèrent comme le successeur légitime du Prophète.

Ardabili (ayatollah) : religieux réformateur qui a créé une agence de rencontres matrimoniales s'appuyant sur un site Internet grâce auquel il trie les candidatures : www.ardabili.com.

Ashura : jour de la commémoration du martyr de Hossein, petit-fils de Mahomet, tué à la bataille de Karbala par le califat omeyyade. Il s'agit d'un événement fondateur de la séparation des chiites et des sunnites. De grandes processions sont organisées en son honneur par les chiites chaque année.

Bassidj (pl. : -i) : milice paramilitaire des « martyrs de la Révolution », forces de réserves volontaires pour les gardiens de la Révolution durant la guerre Iran-Irak, qui se sont spécialisées ensuite dans le maintien de l'ordre interne.

Befarmayin : formule d'invitation et de politesse.

Chiisme : principale branche dissidente de l'islam, le chiisme s'est constitué autour de la question de la succession du prophète Mahomet. Ali, cousin et gendre du prophète, quatrième calife, est déposé et assassiné, puis reconnu comme le successeur légitime par une partie des croyants, les chiites. Les sunnites, au contraire, reconnaissent le califat officiel omeyyade après la mort de Mahomet.

Ershad : Orientation islamique, terme issu du verbe *ershad kardan*, « conseiller » et « éclairer », qui peut revêtir une signification religieuse.

Fatwa : avis juridique donné par un spécialiste de loi islamique.

Hedjab : valeurs et comportements islamiques, dont le voile est une expression.

Kenatz : « À votre santé », en arménien.

Khahesh mikonam : « Je vous en prie. »

Khatami (Mohammad) : voir chronologie. Ayatollah réformateur qui fut président de la République de 1997 à 2005, années marquées par l'épanouissement de la société civile et de la vie culturelle iraniennes.

Khoresht : ragoût de viande aux légumes variés (*bademjan* : aubergine ; *karafs* : céleri, etc.) à la sauce épicée, servi avec du riz.

Lavash : pain iranien de forme plate cuit au four.

Madar : mère ; Roxana-*madar* : maman Roxana.

Maghnaeh : foulard islamique qui s'enfile comme une cagoule, couvrant les cheveux et le cou, et encadrant le visage qui reste découvert.

Ney : flûte traditionnelle iranienne.

Pasdar (pl. : -an) : gardien de la Révolution, l'armée régulière de la République islamique, à la fois chargée de la défense nationale et du maintien de l'ordre.

Santour : instrument traditionnel, avec soixante-douze cordes tendues sur une table d'harmonie trapézoïdale, de la famille des cithares sur table dont on joue avec de fines baguettes.

Pont aux trente-trois arches : monument historique d'Ispahan datant du XVIIe siècle, actuellement menacé par la construction du métro et le forage de ses tunnels.

Sunati : « traditionnel », la musique *sunati* étant la musique traditionnelle iranienne.

Taghouti : partisan du Shah ; terme utilisé après la révolution pour stigmatiser l'élite occidentalisée des Pahlavi.

Tar : guitare traditionnelle iranienne.

Tchador : long tissu qui couvre les femmes de la tête au pied en laissant voir leurs visages, costume traditionnel porté par les Iraniennes d'origine rurale qui le tiennent fermé avec leurs mains.

Tchaïkhaneh : littéralement, maison de thé.

Tchehel setoun : « quarante colonnes ». Le palais Tchehel setoun est le palais royal aux quarante colonnes situé au centre d'Ispahan. Sans doute élevé sous le règne du Shah Abbas II, il a été redécoré dans les années 1870.

Ter Astvats : « Mon Dieu », en arménien.

Zayandeh rud : fleuve dont le nom signifie « celui qui donne la vie ». Le Zayandeh rud traverse Ispahan et débouche sur un lac salé dans le désert. Il a connu durant plusieurs mois au cours de l'année 2009 une sécheresse mystérieuse.

Zirzamin : « souterrain ».

Chronologie

1977 : Contestation étudiante et populaire en Iran contre la monarchie du Shah Reza Pahlavi.

1978 : Chapour Bakhtiar, l'un des anciens dirigeants de la dissidence, est choisi par le Shah pour constituer un gouvernement.

1979 : Chute de la monarchie Pahlavi. La République islamique est instaurée par l'ayatollah Khomeyni. Mehdi Bazargan est son Premier ministre. Incapable de réfréner la répression, celui-ci démissionne neuf mois plus tard.

1980 : Attaque irakienne contre l'Iran.

1981 : Radicalisation de la répression des forces de gauche et des libéraux par les partisans de la République islamique. Début de la révolution culturelle iranienne.

1988 : Cessez-le-feu de la guerre avec l'Irak.

1989 : Mort de l'ayatollah Khomeyni. Ali Khamenei le remplace en tant que Guide de la révolution et Ali Akbar Hashemi Rafsandjani est élu président de la République.

1997 : Élection surprise du mollah réformateur Mohammad Khatami comme président de la République.

2005 : Élection surprise de l'ultraconservateur Mahmoud Ahmadinejad comme président de la République, à la faveur d'une abstention massive.

2009 : Mahmoud Ahmadinejad, suite à une fraude électorale massive, est reconduit à son poste de président de la République. Mir-Hossein Moussavi, arrivé en tête, conteste le scrutin. Des millions d'Iraniens descendent dans la rue avec des banderoles vertes *Where is my vote*.

RÉALISATION : IGS-CP À L'ISLE-D'ESPAGNAC
IMPRESSION : CPI BRODARD ET TAUPIN À LA FLÈCHE
DÉPÔT LÉGAL : MAI 2014. N° 110799 (3004395)
IMPRIMÉ EN FRANCE